묵향 24
묵향의 귀환

눈에는 눈

묵향 24
묵향의 귀환

초판 1쇄 발행일 · 2008년 08월 04일
초판 5쇄 발행일 · 2021년 10월 31일

지은이 · 전동조
펴낸이 · 유용열
기　획 · 김병준
편　집 · 김은희, 유지원
펴낸곳 · 도서출판 스카이미디어

주소 · 서울시 동대문구 용두동 234-35번지 대명빌딩 201호
전화 · (02)922-7466
팩스 · (02)924-4633
E-mail · skymedia62@hanmail.net
출판등록 · 제6-711호

Copyright ⓒ 전동조 2021

값 9,000원

ISBN · 978-89-92133-04-3　04810
ISBN · 978-89-92133-00-5　(세트)

※ 온라인상의 불법 복제물의 유포나 공유는 저작자의 재산권을 침해하는 중대한 범죄 행위로 관련법에 의거해 처벌 대상이 됩니다.
※ 작가와의 협의에 의하여 인지는 생략합니다.
※ 잘못된 책은 본사나 구입하신 서점에서 교환해 드립니다.

DARK STORY SERIES Ⅲ

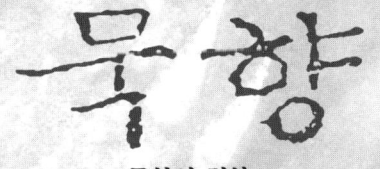

묵향의 귀환

전동조 장편 판타지 소설

24

눈에는 눈

차례
눈에는 눈

미끼를 물어라! ·· 7

만통음제를 구출하기 위한 해결책 ················17

동맹의 증거 ··35

암도진창(暗渡陣倉) ··53

드러난 묵향의 약점 ······································71

금나라의 신무기 ··89

지옥을 보여 주마 ··105

차례
눈에는 눈

지루한 소모전 ·············· 133

개똥도 약에 쓰려면 없다 ·············· 151

눈에는 눈, 이에는 이 ·············· 173

마화의 변화 ·············· 193

그런 사람 없다니까 ·············· 213

잠자는 용의 코털을 뽑다 ·············· 231

게으른 절대자 ·············· 253

설민의 계책 ·············· 269

미끼를 물어라!

DARK STORY SERIES Ⅲ

24

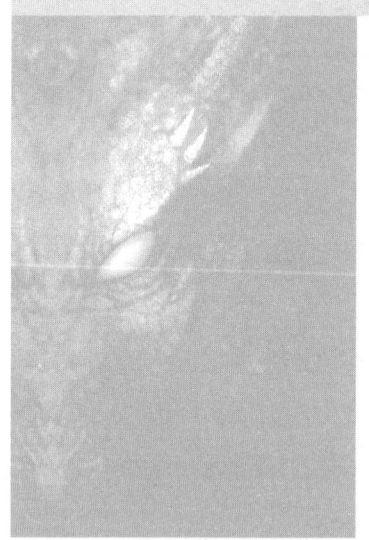

눈에는 눈

묵향으로서는 확실한 목적과 목표를 가지고 움직인 것이었지만, 그의 움직임을 예의 주시하고 있던 자들의 입장에서 보자면 묵향의 움직임은 정말 이해하기 힘든 구석이 있었다. 특히 장인걸 쪽에서는 마교 쪽의 기묘한 움직임을 어떻게 해석해야 할지를 놓고 혼란에 휩싸여 있었다. 왜냐하면 그들은 만통음제를 납치하지 않았으니까.

"부교주가 괴이한 움직임을 보이고 있사옵니다."

"괴이한 움직임이라고?"

"예, 여기를 보시옵소서."

편복대주는 커다란 지도를 탁자에 쭉 펼쳐 놓은 후, 근래 움직임이 포착된 마교 세력들을 표시하기 시작했다. 그가 가장 먼저 원뿔 모양의 조각을 올려놓은 곳은 바로 양양성이었다.

"마교에서 이번 전쟁에 투입한 유일한 전투 세력인 흑풍대이옵니다. 조사해 본 결과 무한 방면으로 진격하던 파저 원수의 20만 대군을 격파하는 데 가장 큰 공을 세웠다고 하더군요."

그리고 편복대주는 양양성 위에 빨간 원뿔 조각을 하나 더

올려놓으며 말을 이었다.

"이건 묵향 부교주이옵니다. 교주님과의 충돌을 통해 그의 개입을 파악할 수 있었으며, 현재 그는 양양성에서 흑풍대와 함께 기거하고 있음을 밝혀냈사옵니다."

편복대의 첩자들이 지속적으로 구멍을 뚫어 댄 결과 양양성 쪽의 정보가 조금씩이나마 흘러나오기 시작한 것이다. 그 말을 들은 장인걸은 놀라움을 감추지 못했다.

양양성은 정파 연합 세력의 최대 집결지였다. 거기에 모인 정파 고수들의 수만 3만 명에 달하는데, 그곳에 달랑 흑풍대만 거느리고 가 있다니. 아무리 자신을 상대하기 위해 동맹을 맺었다고는 하지만 만약 정파 쪽에서 뒤통수를 치기라도 하면 목숨을 부지하기 힘들다는 건 불 보듯 뻔하지 않은가.

제아무리 무공이 고강하다 해도 한 손이 열 손을 이길 수는 없는 법이다. 더군다나 한 문파의 수장이라는 놈이 이렇게까지 무모하다니. 어이가 없는 장인걸은 탄식과 함께 입을 열었다.

"허어, 정말 대단한 놈이군. 정파 놈들이 우글거리는 곳에 오합지졸들만 거느리고 가 있다니……. 도대체 간덩이가 얼마나 큰지 짐작하기가 어렵구먼."

그 말에 자신도 동감한다는 듯 고개를 주억거리던 편복대주는 또 다른 원뿔 조각 하나를 꺼내 십만대산 위에 올려놓고, 거기에서부터 동쪽으로 쭉 움직이다가 화산 근처에서 멈췄다.

"전에 말씀드렸던, 십만대산에서부터 관도를 따라 천천히 동쪽으로 이동하고 있는 세력이옵니다."

"여문기가 통솔한다는?"

"예."

여문기라면 마교에서도 핵심 고수들 중 한 명이기에 장인걸은 살짝 눈을 감고 천천히 기억을 더듬었다. 무공 정도나 전투 습성을 알면 그만큼 대처하기 편하기 때문이다.

"흠, 그때도 무공이 꽤 쓸 만한 놈이었으니 지금쯤은 서열 50위권 안으로 들어갔겠군. 그런 놈이 하릴없이 움직일 리는 절대 없지. 놈이 움직이는 이유는?"

"면목 없사옵니다만 아직…, 워낙에 뛰어난 고수들이라 몰래 정탐하기가 쉽지 않은지라……."

말끝을 흐리며 송구스러운 표정을 짓고 있는 편복대주에게 장인걸은 더 이상 추궁하지 않았다. 잠시 턱 끝을 매만지며 생각에 잠겼던 장인걸은 뭔가 떠오른 듯 작은 목소리로 중얼거렸다.

"혹시 이쪽의 신경을 건드리기 위해 일부러 저런 괴상한 움직임을 보이고 있는 것은 아닐까?"

"어쨌거나 묵향 부교주 쪽에서 뭔가 음모를 꾸미고 있다는 냄새는 짙게 풍기고 있사온데…, 그게 과연 뭔지는 확실히 알 수가 없는 상황이옵니다. 더군다나 오늘 또 다른 마교 세력까지 포착되었다는 보고가 들어왔사옵니다."

그러면서 편복대주가 원뿔 조각 하나를 올려놓은 곳은 바로 무산(巫山) 근처였다. 장인걸은 지도의 여기저기에 놓여 있는 원뿔 조각들을 하나하나 지그시 노려보다 툭 내뱉었다.
"그들의 규모는?"
"인원수는 101명. 소규모입니다만 그 개개인의 능력은 특1급으로 추정된다고 하옵니다."
그 말에 장인걸의 눈썹이 꿈틀거렸다. 특1급이라면 최강의 전투 집단, 즉 천마혈검대급 정도의 전투력을 지녔다는 말이다. 아마 천마혈검대를 상대하기 위해 묵향이 조직한 전투단이라고 보는 게 옳으리라. 그런 고수들이 쓸모없는 일에 동원될 리는 절대로 없다. 뭔가 엄청난 일을 벌이고 있음에 틀림없는 것이다. 문제는 아무리 지도를 살펴봐도 무슨 꿍꿍이인지 전혀 짐작조차 되지 않는다는 점이었다. 한참 동안 지도를 뚫어져라 노려보던 장인걸은 불쑥 편복대주를 향해 입을 열었다.
"놈들은 지금 뭘 하고 있나?"
놈들이라는 말에 편복대주는 잽싸게 머리를 굴려 누구를 지칭하는 것이지 생각한 뒤 곧바로 대답을 하였다.
"그게…, 어떤 사람을 찾고 있다고 하옵니다."
"사람을 찾고 있다고?"
편복대주는 만현에서부터 시작해서 무산 인근까지를 손가락으로 가리키며 말을 이었다.
"예, 그들은 여기에서부터 시작해서 이쪽까지 이동하며 이렇게 생긴 사람을 찾고 있다고 하옵니다."
편복대주는 품속에서 초상화 한 점을 꺼내 지도 위에 올려놨다. 잘생긴 얼굴에 미염공(美髥公 : 관우)을 연상시키는 듯한 긴 수염……. 장인걸도 이미 알고 있는 얼굴이었다.

"이건 만통음제가 아니냐?"

"예, 교주님에 의해 죽음 직전까지 몰렸었던 만통음제가 맞사옵니다. 수하들의 보고에 따르면, 그자들은 바로 이 만통음제를 찾고 있다고 합니다."

이해가 가지 않는다는 듯 장인걸은 고개를 갸웃거렸다.

"묵가 놈이 저자를 내 손에서 구출해 갔으니, 설마 죽여 없애려고 찾는 건 아닐 테고……. 거참, 이유를 도통 모르겠군."

"보고에 의하면 아마 실종된 모양이옵니다. 그렇지 않다면 이런 엄청난 고수들까지 동원해서 난리 법석을 떨며 찾고 있을 이유가 없지 않습니까."

장인걸은 묵향이 왜 이런 말도 안되는 짓을 하는지 열심히 머리를 굴려 봤지만 도무지 이해가 되지 않았다.

"흠, 화경급 고수의 실종이라……."

"속하도 일단 편복대원들에게 이 일대를 샅샅이 뒤지며 만통음제를 찾으라 지시를 내려놓기는 했지만 아직까지……."

"잠깐!"

"예?"

"편복대원들을 어느 정도 투입했나?"

"급한 사안인 듯하여 예비 인력을 몽땅 다 투입하였사옵니다."

장인걸은 급히 지도에 놓여 있는 원뿔 조각들을 노려봤다.

원뿔 조각들의 위치는 우연인지는 몰라도 거의 정삼각형에 가까웠다. 만약 만현 쪽에 있는 놈들을 공략하러 들어간다면, 여문기의 세력과 양양성의 세력에 포위당하기 딱 좋은 위치였다.

문득 장인걸의 뇌리 속으로 예전에 묵향에게 어처구니없이 당했던 아픈 기억이 떠올랐다. 그 당시 마교 교주로 등극한 장인걸은 천하에 무서운 것이 없었다. 하지만 묵향의 생각지도 못했던 전술에 휘말려 허망하게 교주 자리를 뺏기고, 목숨을 건지기 위해 사력을 다해 도망쳐야만 했다.

피눈물을 흘리며 도망치던 장인걸은 그때서야 정보와 전술의 중요성을 깨달았다. 상대를 노려보면서 상대의 이목(耳目)을 틀어막을 수만 있다면 필승을 거둘 수 있다.

그렇다. 이건 자신의 이목이라고 할 수 있는 편복대를 노린 함정일 가능성이 컸다. 뭔가 그럴 듯한 건수가 있는 것처럼 움직여 이쪽의 호기심을 자극해 편복대를 유인한 다음, 일망타진 하려는 것임이 분명하다.

장인걸은 편복대주를 향해 급하게 소리쳤다.

"이건 조호이산지계(調虎離山之計)가 분명해! 지금 당장 편복대를 철수시켜라!"

장인걸의 말에 편복대주는 다급히 고개를 들었다. 편복대주 역시 그 생각을 안 해 본 건 아니다. 하지만 만통음제의 실종이라는 말에 고개를 갸우뚱거리지 않을 수 없었다. 만약 자신이 계책을 세운다면 뭔가 그럴듯한 이유를 대지, 이런 말도 안 되는 핑계를 대지는 않았을 것이기 때문이다.

그 말은 곧 만통음제의 실종이 진실일 수도 있다는 점이다.

"저들의 다급한 움직임으로 봤을 때, 계책이 아니라 진짜로 실종된 것일 수도 있사옵니다, 교주님. 위험하기는 하지만 충분히 감수할 만한 사안인지라 부디 명령을 거둬……."

"본좌의 의지는 확고하다. 지금 당장 편복대를 철수시키도록 해라!"

편복대주는 어쩔 수 없이 고개를 조아려야만 했다.

"조, 존명."

"만약 함정이 아니라고 해도, 구태여 편복대를 투입해서 조사할 필요는 없지 않은가? 놈이 십만대산에 숨겨 두고 있던 최정예까지 투입할 정도로 만통음제가 소중한 인물이라면, 다른 각도에서 조사를 해 봐도 충분히 답은 나올 테니까."

"다른 각도라고 하시면……."

고개를 갸웃하던 편복대주는 뭔가 떠올랐다는 듯 다급히 말을 이었다.

"아! 만통음제를 이쪽에서 제압하여 구금하고 있다고 슬쩍 소문을 흘리면 어떻겠사옵니까? 만통음제의 실종이 사실이라면 저쪽에서 뭔가 반응을 보이지 않겠사옵니까?"

"그래! 그거 좋은 생각이로다."

조심스럽게 말하고는 있었지만 장인걸은 만통음제의 실종이 사실이기를 간절히 원했다. 상대방 쪽의 초고수 한 명이 사라진다는 의미 외에도, 그걸 이용해 묵향을 함정에 빠뜨릴 수도 있을 거라는 생각이 들었기 때문이다.

'실종이 사실이라면 놈을 손쉽게 함정에 끌어들일 수 있어. 내가 생각해 봐도 지금 그 정도 초고수를 흔적 없이 납치할 수 있는 단체라면, 우리 쪽뿐이니까.'

하지만 그는 곧이어 그렇게 손을 쓸 수 있는 단체가 하나 더 있다는 생각이 들었다. 그것은 바로 무림맹이다. 편복대주는 무림의 물을 덜 먹었기에 정파의 수뇌부들이 정, 사의 대립에 있어서만은 얼마나 추접스럽게 변할 수 있는지 상상조차 못 하고 있었다. 그래서 두뇌 회전이 빠름에도 불구하고 범인으로 무림맹을 떠올리지 못했던 것이리라. 만약 그렇다면 두 거대 단체의 동맹을 깨뜨릴 수 있는 절호의 기회가 된다.

"지금 당장 무림맹에 잠복해 있는 편복대에 기별을 보내도록 해라. 혹, 맹에서 만통음제를 제거했는지 알아보라고 말이야."

"예? 그건 무슨 말씀이십니까? 지금 시국이 어떤 땐데 무림맹에서 그런 고수를 제거하려고 들겠사옵니까? 더군다나 만통음제는 정파 쪽 고수이지 않습니까?"

"정사 간의 원한이 얼마나 깊은지 자네는 잘 몰라. 본좌는 확신하네. 만약 만통음제가 실종된 게 사실이라면, 그 범인은 무림맹일 거야. 그쪽에 대한 조사도 철저히 시행하도록!"

장인걸의 명령에 편복대주는 고개를 조아렸다.

"존명! 그렇게 지시를 하달하도록 하겠사옵니다."

만통음제를 구출하기 위한 해결책

24

눈에는 눈

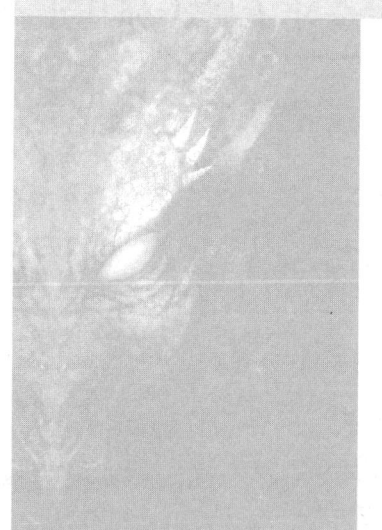

장인걸로서는 아쉽게도 묵향은 그가 던진 미끼를 물지 않았다. 만약 묵향이 그때까지도 만현에 남아 있었다면 옳다구나 하고 덥석 물었겠지만, 그는 이미 양양성으로 돌아가 버린 후였다.
 좋아하고 또 존경하던 만통음제의 실종에 묵향은 이성을 냉철하게 유지하기 힘들었다. 자신이 동원할 수 있는 최고의 부하들을 모두 불러들여 만통음제의 흔적을 찾았지만, 아무리 해도 어떤 놈들이 그를 건드린 것인지 실낱같은 단서조차 찾아낼 수가 없었다.
 범인을 알아야 만통음제를 구출하든지 할 수 있을 텐데 말이다.
 그런데도 묵향이 일주일도 채 안 돼서 수색을 중단하고 양양성으로 되돌아온 이유는, 물증이 없다뿐이지 누가 범인인지 뻔한 상황에서 더 이상 시간 낭비나 하고 있을 필요가 없다고 판단했기 때문이다.
 덕분에 자신들이 만통음제를 납치했다는 헛소문을 퍼트려

묵향의 반응을 살피려 했던 편복대주의 의도는 헛수고로 끝나고 말았지만.

묵향이 생각했을 때, 만통음제와 같은 초절정고수를 건드릴 수 있는 능력을 지닌 단체는 현 무림에 몇 되지 않았다.

一. 장인걸
二. 무림맹
三. 혈교 등 제3의 세력

20년 전, 장인걸과 함께 묵향에게 큰 곤욕을 선물했던 망할 새끼들 중 하나가 바로 혈교였다. 그 원한을 참고 넘길 묵향이 아니었기에 중원에 돌아오자마자 부하들을 동원한 것은 물론이고 무영문에까지 의뢰해 그들의 흔적을 찾았다.

하지만 막대한 시간과 인원을 투입했음에도 불구하고 놈들의 흔적을 찾는 데 실패했다.

그토록 깊숙이 숨어든 놈들이 만통음제처럼 무림에 아무런 영향력도 행사할 수 없는 인물을 납치함으로 인해 자신들의 존재를 드러내는 위험을 감수할 리 없다.

만약 세력 확장에 도움이 될 만한 상대, 즉 수라도제 같은 인물을 납치하여 화려하게 무림의 전면에 등장한다면 혹 몰라도 말이다.

두 번째 용의 대상은 무림맹이다. 묵향과 의형제까지 맺고 호형호제하고 있는 만통음제를 배신자라 매도하는 것도 모자라 그를 없애려 하고도 남을 놈들이다.

하지만 놈들이 손을 썼다고 보기에는 시기가 별로 좋지 않았다. 봄이 되면 금나라와의 본격적인 전투가 시작될 게 뻔한데, 전력의 핵심이 될 고수들 중 하나를 자신들의 손으로 없애 버릴 리 없다.

더군다나 수라도제까지 빠져나간 만큼 화경급 고수의 필요성은 더욱 증대되어 있는 상황이니 말이다.

그렇다면 마지막 남은 가능성은 장인걸뿐이었다.

* * *

묵향은 지도 앞에 앉아 인상을 찡그리며 깊은 생각에 잠겼다.

"흐음……."

지도 위에는 노하구 일대에 포진하고 있는 금나라 병사들에 대한 정보가 상세하게 기록되어 있었다. 무영문이 막대한 시간과 노력, 그리고 수많은 제자들의 목숨을 잃어 가며 입수한 귀중한 정보들이다.

문제는 장인걸이 있을 걸로 추정되는 금군 진영의 중심부다. 그곳은 새하얀 백지상태. 어떤 기관이나 진식이 설치되어 있는지, 또 얼마나 많은 고수들이 배치되어 있는지 전혀 알 수가 없다. 그걸 모르는 이상 정면 공격은 자살 행위나 마찬가지라고 봐야 한다.

설혹 공격이 제대로 먹혀들어간다고 해도 만통음제를 구출한다는 건 불가능한 일이다. 그가 어디 갇혀 있는지 알아야 구출 작전을 감행할 수 있을 게 아니겠는가.

한 시진이 넘도록 묵향이 지도를 노려보고 있는 걸 옆에서 지켜보고 있어야만 했던 관지의 마음은 답답할 수밖에 없었다.

'저렇게 묘한 분위기를 잡고 싶으시다면 자기 방에 들어가서 하시지. 하필이면 왜 내 방에 와서 저러고 계시는 건지…….'

하지만 대놓고 항의할 수도 없는 노릇이다. 금군의 동태에 대한 모든 정보들은 관지의 방에 일목요연하게 정리되어 있었기에, 묵향은 관지가 떨떠름한 표정을 짓든 말든 계속해서 이 방에 뭉개고 앉아 있을 수밖에 없었다.

또한 묵향은 이런저런 생각들로 복잡하게 머리를 굴리는 중이기에 자신이 이 방에 들어온 후 시간이 얼마나 흘렀는지도 모르고 있었다.

하지만 그 옆에서 묵향의 눈치만 살피고 있는 관지에게는 바늘방석도 그런 바늘방석이 없었다. 관지는 더 이상 참지 못하고 방 안을 육중하게 짓누르고 있던 무거운 침묵을 깼다.

"뭔가 고민이라도 있으십니까?"

눈치 빠른 관지였기에 교주의 대답이 뭔지 대충은 짐작하고 있었다. 만통음제를 찾는답시고 만현을 뒤지다가 빈손으로 돌아온 후, 여기서 장인걸의 진영이 그려진 지도를 한 시진째 노려보고 있으니 해답은 뻔한 것이라고 볼 수도 있었다.

하지만 관지는 자신의 직감을 애써 부인했다. 왜냐하면 그건 너무나도 위험한 선택이었기 때문이다.

'설마 장인걸의 소굴을 향해 돌진해 들어갈 궁리를 하고 계신 건 아니시겠지?'

하지만 관지는 지금 묵향이 만통음제를 구출하기 위해 얼마나 미쳐 있는지 잘 모르고 있었다.

관지의 물음에도 한동안 대꾸가 없던 묵향이 문득 입을 열었다.

"이곳에 대한 정보는 더 없나?"

말을 하며 묵향이 손가락으로 가리킨 곳은 바로 백지상태로 남아 있는, 장인걸이 있을 걸로 추정되는 금군 진영의 중심부였다.

"중심부로의 침입은 불가능한 모양입니다, 교주님. 내부로 들어갈수록 더욱 경계망이 조여들게 진영을 구축해 놨기에, 첩자를 침투시킬 방법이 전혀 없는 모양입니다. 만약 저곳이 병영이 아닌 일반 문파였다면 하인이나 하녀 따위로 위장시켜 첩자를 투입하는 게 가능할지도 모르겠습니다만……."

장인걸이 있는 곳이라면 그 경계의 삼엄함에 어지간한 고수를 잠입시켜 정탐한다는 것도 무리일 뿐만 아니라, 또 진지를 구축해 놓은 지 얼마 되지 않았기에 잡부로 위장한 첩자를 끼워 놓기도 어렵다는 말이었다.
 관지의 대답을 벌써 짐작하고 있었다는 듯 묵향은 별반 실망스러운 표정이 아니었다. 한동안 말없이 지도를 뚫어져라 바라보던 묵향이 은근슬쩍 관지를 향해 고개를 돌렸다.
 "흐음……. 만약 말이야. 만약……."
 묵향은 어렵게 말을 꺼냈다. 왜냐하면 그가 계획하고 있는 작전이 자신이 생각해도 말도 안되는 것임을 잘 알고 있으니까.
 "예, 말씀하시지요."
 "이곳에 본좌가 지닌 전력을 몽땅 다 투입한다면 승산이 얼마나 있을까?"
 말이 채 끝나기도 전에 관지의 얼굴이 새하얗게 질려 버렸다. 혹시나 하던 우려가 현실로 드러난 것이다.
 장인걸이 있는 곳을 뚫어져라 노려볼 때 얼핏 예상하고는 있었지만, 그래도 교주의 입을 통해 직접 들으니 관지는 너무 놀라서 숨이 다 막힐 지경이었다. 왜냐하면 불을 향해 날아드는 불나방과 같이 무모한 짓이었기 때문이다.
 관지는 생각할 것도 없다는 듯 단호하게 대답했다.
 "그건 자살 행윕니다, 교주님."
 자신이 듣고 싶은 대답이 아니었기에 묵향은 고개를 가로저으며 반박했다. 하지만 그의 목소리에는 힘이 없었다.
 "아니야, 승리할 가능성이 있을 수도 있어. 본좌는 부하들의 능력을 믿거든. 무엇보다 자네 역시 내 작전을 듣는 순간 무모하다고 생각하지 않았나? 그건 상대 역시 마찬가지일 테지. 저들이 전혀 예상하지 못하고 있는 만큼, 충분히 승산이 있다고 본좌는 생각하네."

어이가 없었던 관지는 묵향의 얼굴을 힐끔 훔쳐봤다. 순간적이기는 했지만 그 짧은 순간에 묵향의 눈에 어린 고집을 읽었다. 저 인간은 하겠다고 한 번 마음먹으면 어떤 대가를 치르더라도 반드시 하고야 마는 인간이었다. 그게 설혹 문파의 멸망이나 본인의 죽음과 연결되는 한이 있더라도……

관지는 재빨리 머리를 굴렸다. 이런 때는 교주의 관심을 다른 쪽으로 돌리는 게 최선의 방책이었다. 현재 교주가 어느 한쪽으로만 너무 깊게 파고들었기에 보지 못하고 있는 주변 상황을 볼 수 있도록 해 주는 것 말이다.

'뭐가 있을까? 지금 내가 놓치고 있는 것은……'

한동안 말없이 서서 머리를 쥐어짜던 관지는 교주가 갑자기 왜 이럴까 하는 생각이 들었다.

그러자 문득 만통음제가 떠올랐다. 교주는 만통음제의 실종이 장인걸 쪽에서 뭔가 수작을 부렸다고 생각을 한 것이 분명하다. 그만한 고수를 납치할 만한 세력은 무림맹과 장인걸밖에 없으니 충분히 그렇게 생각하는 것도 무리는 아니다.

그렇다면 교주를 말릴 수 있는 해답은 만통음제에게서 찾을 수 있을 것이다.

한참을 고민하던 관지는 결국 그 해답을 찾았는지 빙그레 웃으며 입을 열었다.

"쳐들어가는 건 좋습니다. 교주님 말씀대로 어쩌면 승리할 가능성이 있을 수도 있겠지요. 패배할 가능성이 9할 9푼이라고 해도 1푼의 가능성은 있을 테니까요."

관지가 패배할 가능성이 9할 9푼이라는 말에 강한 억양을 줬지만, 묵향은 1푼의 가능성이라는 말만 귀에 들어온 모양이다. 관지의 말이 채 끝나기도 전에 묵향은 희색을 띠며 외쳤다.

"내 말이 그 말이라니까!"

관지는 그런 묵향의 태도에 짐짓 한숨을 내쉬며 침울한 표정으로 말했다.

"하지만 교주님께서는 지금 한 가지 놓치신 게 있습니다."

"그게 뭔가?"

"그렇게까지 무리수를 둬 가며 이곳으로 쳐들어가야 하는 이유가 뭡니까?"

"……."

만통음제의 구출이라는 지극히 사적인 이유 때문이었기에 묵향은 곧바로 대답하지 못했다. 그런 일 때문에 자신과 부하들의 목숨을 통째로 투전판에 걸겠다는 말을 양심상 차마 내뱉을 수가 없었던 것이다.

"속하의 생각으로는 장인걸도 없앨 겸, 만통음제 대협도 구출할 겸, 겸사겸사 그런 생각을 하고 계신다고 판단되는데…,

맞습니까?"

 관지의 완곡한 표현에 묵향은 헛기침을 하며 멋쩍은 듯 대답했다.

 "험험…, 뭐 그렇다고 봐야겠지."

 "운이 좋다면 장인걸은 없앨 가능성이 있을 수도 있겠지만, 만통음제 대협은 절대로 구출할 수 없을 겁니다. 단, 1푼의 가능성도 없다고 속하는 자신합니다."

 관지의 확언에 자존심이 상한 묵향의 눈이 실쭉 가늘어졌다.

 "그렇게 자신하는 이유는?"

 "적 진영의 내부를 전혀 파악해 내지 못했기 때문입니다. 무엇보다 만통음제 대협이 어디에 구금되어 있는지조차 모르지 않습니까? 만약 초전에 대협을 구출해 내지 못한다면, 장인걸은 곧바로 대협을 인질로 들고 나올 게 뻔합니다."

 관지는 잠시 말을 끊어 뜸을 들인 뒤 다시 입을 열었다.

 "교주님께서 놈의 협박에 응하지 않는다면 대협의 목숨은 덧없이 사라지게 되겠죠."

 충분히 일리가 있는 추론이었다. 만통음제를 구하기 위해 애써 현실을 부정하고는 있지만 그 정도도 생각하지 못할 묵향이 아니었기에 안색이 침중하게 변해 갔다.

 관지는 묵향의 안색을 살피며 슬며시 미끼를 던졌다.

 "속하에게 좋은 방책이 있는데 한번 들어보시겠습니까?"

 "뭔가?"

"만약을 대비해 장인걸이 흔쾌히 만통음제 대협과 교환해 줄 만한 뭔가를 찾아내는 겁니다."

"교환해 줄 만한 거라고?"

"예, 그런 다음 그·것·과 대협을 맞바꾸면 되겠죠. 속하는 그렇게 하는 게 대협을 구출할 가능성이 가장 높은 방법이라고 확신합니다. 물론 그 전에 대협이 있는 위치를 파악할 수만 있다면 선택의 폭은 훨씬 넓어지겠죠."

만약 그런 것이 있다면 당장이라도 맞바꾸고 싶었다. 묵향으로서도 그 말이 옳다고 생각되었기에 구미가 당기지 않을 수 없었다.

장인걸이 가장 좋아할 만한 것? 그걸 찾아서 묵향의 머리는 맹렬하게 움직이기 시작했다. 무림일통을 원하는 놈이니 맹주 자리를 주겠다고 제안해 볼까? 아니면 교주 자리를 두고? 그도 아니라면······.

교주의 관심이 노하구를 향한 정면 돌격에서 다른 것으로 바뀌자 관지는 내심 안도의 한숨을 내쉴 수 있었다. 이제 한동안은 그런 무모한 생각은 안 할 테니까.

관지는 밖에 명령해서 술상을 봐 오라 일렀다. 시비가 술상을 들고 들어오자 묵향은 안주에는 손도 대지 않고 곧바로 술병을 집어 든 뒤 벌컥벌컥 들이켰다. 목구멍이 화끈하게 뻥 뚫리며 불이 붙는 것 같은 고통. 그가 가장 좋아하는 술인 천일취만이 가져다줄 수 있는 쾌감이었다.

"크허~."

한 병을 단숨에 들이켜자 근래 날카로워졌던 신경이 차분하게 가라앉는다. 만통음제가 행방불명이 되었다는 소식을 들은 후 여태까지 잠자는 것도 잊고 동분서주했던 것이다. 그래서 홧김에 아예 장인걸의 본거지 노하구를 쑥대밭으로 만들려고 달려왔던 것인데…….

관지의 말을 듣고 묵향도 자신이 너무 한 방향으로만 생각하고 있었음을 깨달았다.

'그래, 가장 중요한 것은 형님을 무사히 구출해 내는 것이 아닌가. 좀 더 폭넓게 생각을 해 보자.'

하지만 아무리 형님의 목숨이 소중하다고 해도 그 대가로 무림의 패권을 넘겨준다는 것은 어불성설(語不成說)이다. 그래 가지고서는 훗날의 복수는 기대하기 힘들지 않겠는가.

그렇다면 패권과는 전혀 무관한, 그러니까 장인걸이 개인적으로 좋아할 만한 걸 제시해야 한다.

'보물?'

근검절약이 생활화된 마교에서 잔뼈가 굵은 그가 보물 따위에 혹할 리 없다. 더군다나 지금은 금나라의 2인자라고 해도 과언이 아니지 않은가. 그가 만약 황금을 모으자고 들었다면 태산처럼 쌓을 수도 있을 것이다.

'신병이기(神兵利器)라면?'

장인걸은 대부분의 마교 고수들이 그러하듯 패도적인 장법을 중심으로 무공을 연마하며 성장했다. 그리고 흑살마장을 통해 극마의 경지를 뚫었다. 오랜 세월 장법만을 익혀 온 그가 갑자기 무기에 흥미를 느낄 리 없지 않은가.

더군다나 장인걸이 교주가 되었을 때, 마교의 창고에는 강철을 썩은 무처럼 벤다는 무림십대기병 중 상위권에 꼽히던 무기가 세 자루나 있었다. 하지만 장인걸은 그중 단 하나도 사용하지 않았다.

'그렇다면 무공?'

마교에서 교주가 된다는 말은 교주들만이 익힐 수 있는 최강의 무공들을 익힐 수 있는 기회를 얻게 된다는 말과 같았다.

하지만 장인걸은 그중 어떤 것도 익히지 않았다. 어쩌면 그것들이 그가 익힌 무공들과 상성이 좋지 않았던 것일 수도 있고, 아니면 더 이상 다른 무공을 익힐 필요성을 찾지 못했던 것일 수도 있다.

어쨌거나 마교 내에 존재하는 무공비급으로는 장인걸의 관심을 끌지 못할 가능성이 컸다.

그렇다면 마지막 남은 가능성은 사람밖에 없다는 말이 되는데…….

"미인이라면 혹 할까? 그럴 리 없지. 눈에 띄는 미인이라면 누구든지 다 마음대로 취할 수 있을 텐데, 계집 따위에 혹할 리 있겠어?"

이리저리 궁리해 보던 묵향은 술잔을 쭉 들이켠 후 중얼거렸다.
 "크~~, 어쨌거나 쉬운 문제는 아니군."
 관지는 묵향이 내려놓은 빈 잔에 술을 따르며 말했다.
 "그도 일파의 지존입니다. 미인 따위야 거들떠도 안 보겠지만 우수한 인재라면 얘기가 다르지 않겠습니까?"
 그 말에 묵향은 슬쩍 고개를 가로저으며 비웃듯 말했다.
 "자네, 아직까지도 본교의 물을 적게 먹은 모양이군. 본교가 얼마나 인명을 천시하는지 모르고 있으니 말이야."
 그건 묵향의 말이 옳았다. 중원에 있는 모든 문파들 중에서 마교만큼 인명을 천시하는 집단은 없었으니까. 고수로 성장하는 과정 자체가 그에 적응하지 못한 약자의 무자비한 도태에 있었다.
 "교주님의 말씀이 지당하십니다. 하지만 일단 일정 수준에 올라간 인물들은 그만큼의 대접을 받는 것 또한 사실입니다. 과거 교주님께서는 산야에 묻혀 있던 설무지를 찾아가 군사(軍師)로 받아들이는 파격적인 인사를 단행하지 않으셨습니까?"
 "그거야 그만큼 쓸모가……."
 그렇게 중얼거리던 묵향의 머릿속을 번개 같은 것이 꿰뚫고 지나가며 충격을 안겨 줬다. 맞다. 금나라에도 장인걸이 가장 아끼는 수족과도 같은 놈이 있을 게 분명하다. 그런 놈을 잡아들이기만 하면…….
 "흐흐흐, 그래. 자네 말이 그럴듯하군."

자연스레 터져 나오는 음흉스러운 웃음.
"그놈이 가장 아끼는 놈이 누굴까? 그 있잖나. 그놈하고 같이 탈출한…, 천마혈검대주가 누구였지?"
관지는 살짝 고개를 조아리며 대답했다.
"구양운(丘陽雲)이라고 들었습니다, 교주님."
"그래, 바로 그놈. 그놈이라면 장인걸이 아~주 총애하고 있겠지?"
잠시 구양운의 납치 가능성을 이리저리 궁리해 본 관지가 대답했다.
"워낙 뛰어난 고수라서 납치하는 게 용이하지 않을 겁니다. 더군다나 구양운은 천마혈검대와 함께 있을 가능성이 크지 않습니까?"
"그건 그렇군. 그렇다면 누가 좋을까?"
무공이 강하지 않으면서도 장인걸에게 쓸모가 있으려면 머리통과 주둥이로 먹고사는 그런 놈밖에 없다. 바로 군사 설민 같은 놈 말이다.
"그놈한테도 설민 같은 놈이 붙어 있지 않을까?"
"군사…, 말씀이십니까?"
"그래."
관지는 잠시 그동안 입수한 장인걸 쪽의 정보를 떠올리다 입을 열었다.
"분명 그럴 테지만, 아직까지 그게 누군지는 파악해 내지 못했습니다. 과거 장인걸이 교주님께 패한 이유도 정보력의 부재 때문이 아니었습니까?"

묵향이 고개를 주억거리자 관지는 재빨리 말을 이었다.

"그 때문인지 이번에는 정보전에 꽤나 투자를 많이 한 모양입니다. 천하의 무영문조차 애를 먹고 있는 걸 보면 말입니다. 사실 장인걸이 금나라에 있다는 것도 완벽한 물증을 통해 찾아낸 것이 아니라, 여러 정황들을 통해 유추해 낸 것만 보더라도 그들이 얼마나 정보를 확실히 통제하고 있는지 쉽게 알 수 있지 않습니까?"

놈에 대한 정보가 없는 것도 문제지만 어찌어찌해서 겨우 수하를 잡아 온다 해도 과연 장인걸이 순순히 만통음제와 바꿔 줄지가 관건이다. 그 역시 뼛속까지 마교의 인물이다. 수하 한두 명 정도는 눈 하나 깜박히지 않고 버릴 수 있을 게 분명하다. 그런 생각이 들었기에 묵향은 장인걸이 아끼는 수하를 납치하자는 생각을 포기하려고 했다.

"그렇군. 그렇다면 방법이 없는······."

실망한 듯 중얼거리던 묵향의 뇌리를 뭔가가 번쩍 스치고 지나갔다.

그렇다. 그놈이 있었다. 장인걸이 자신의 제안을 절대 거부할 수 없는······. 그는 바로 금나라의 황제였다. 금나라를 대표하는 인물인 만큼 장인걸로서도 쉽사리 버리기는 힘들 게 분명하다.

묵향의 얼굴에 음흉스러운 미소가 다시금 번지기 시작했다. 묵향은 술 한 잔을 쭉 들이켠 후 관지에게 명령했다.

"무영문에 연락을 보내 금나라 황제에 대한 모든 정보를 넘겨 달라고 요청해라."

관지는 멍청한 표정으로 대꾸했다. 갑자기 황제에 대한 자료는 뭐 하려고?

"예? 황제…, 말씀이십니까?"

"그래, 황제 말이다. 금나라를 대표하는 최고의 인물은 바로 황제가 아니겠느냐? 큭큭큭!"

"존명!"

일단 명령이 내려졌기에 따르기는 하지만 밖으로 걸어 나가면서도 관지는 고개를 갸웃거리지 않을 수 없었다.

'설마…, 황제를 납치하겠다는 말도 안되는 생각을 떠올리신 건 아니겠지?'

동맹의 증거

DARK STORY SERIES Ⅲ

24

눈에는 눈

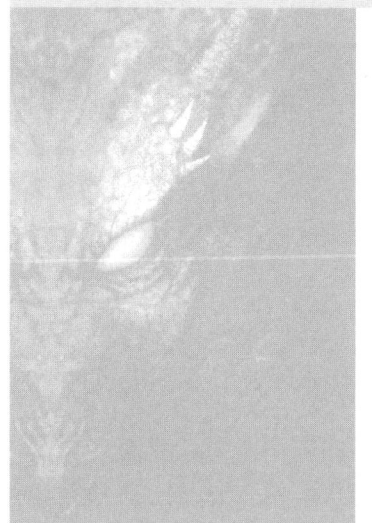

양양성 주둔 마교 파견대로부터 날아온 협조공문을 살펴본 옥화무제는 어이없다는 듯 중얼거렸다.

"이건 또 뭐죠?"

총관은 자신도 같은 생각이라는 듯 떨떠름한 표정으로 대답했다.

"그쪽에서 날아온 협조공문에 대해서는 최대한 빨리 답을 해 주라는 태상문주님의 명령에 따라 그렇게 해 주고 있었습니다. 그런데 이번에 날아온 건 당최 그 의도를 짐작하기 어려운 것이라서……."

그래서 옥화무제에게까지 공문이 넘어왔다는 것이리라.

협조공문을 다시 한 번 자세히 읽어 본 옥화무제는 미간에 주름을 잡으며 생각에 잠겼다. 양양성을 벗어나기 힘든 흑풍대주 관지가 금나라 황제에 대한 정보를 요청할 이유가 없다. 그렇다면 이 요청은 관지 장로가 아닌 마교 교주, 즉 묵향이 보냈다고 봐야 했다.

그가 왜? 어디에다가 쓰려고 이 정보를 요청한 것일까?

"아직까지 본녀에게 보고되지 않은 마교 쪽의 움직임이 있었나요?"

"결코 그런 일은 없었습니다, 태상문주님. 1종대가 임시 둥지로 돌아갔다는 보고를 끝으로 더 이상의 움직임은 없었습니다."

'1종대'라는 것은 혈랑대를 지칭하는 암호였고, '임시 둥지'는 곧 대별산맥에 마련된 마교 주력 부대의 임시 거처를 말하는 것이었다.

사실 무영문에서는 아직까지도 혈랑대의 정식 명칭이 뭔지 모르고 있었다. 묵향이 마교를 장악한 후 무림은 오랜 세월 평화가 지속되었다. 20여 년 만에 처음 이들이 무림에 모습을 드러낸 것인 만큼 마교의 최상위 무력 단체들에 대한 정보는 거의 없는 것이나 다름없었다.

그렇다고 그들의 정체를 마교 쪽에 물어볼 수도 없는 노릇이었기에 무영문에서는 혈랑대를 '1종대'라고 불렀다. 어쨌거나 대별산맥에 와 있는 전투단들 중 가장 강력한 전투력을 지니고 있었으니까.

옥화무제가 묵향이 무슨 꿍꿍이로 금나라 황제의 정보를 요구한 것인지 열심히 머리를 굴리고 있을 때 총관이 슬쩍 입을 열었다.

"혹시 황제를 납치하려는 생각이라도……."

옥화무제는 고개를 가로저으며 대꾸했다.

"단순무식한 무골(武骨)이라고 하지만 그도 일파의 지존이에요. 그렇게 생각 없이 움직일 리는 없어요."

황제를 보호하기 위해 무림맹에서 황실에 고수들을 파견해 뒀듯, 장인걸 또한 금 제국을 대표하는 지존을 무방비 상태로 놔뒀을 리 없다. 5만에 달하는 근위병을 연경에 배치한 것만으로도 안심이 안 되었는지, 연경으로 통하는 군사적 요충지들에 도합 10만에 달하는 병력을 포진해 놨다.

이렇게 드러나 있는 전력 외에도 무영문의 조사에 따르면 40여 명에 달하는 특1급 고수들을 비롯해 1천에 가까운 고수들이 배치되어 있다고 한다. 뿐만 아니라 황궁 내에 얼마나 많은 함정들이 설치되어 있는지는 무영문에서조차도 제대로 파악해 내지 못했다.

황궁에 투입한 첩자들 중 일부가 흔적도 없이 사라질 때마다 그들이 뭔가에 접근했을 거라는 것 정도만 추정할 수 있었을 뿐이다. 그만큼 장인걸 휘하의 편복대는 상대하기 까다로운 집단이었다.

금송전쟁에 마교가 끼어들었다는 걸 장인걸이 알아차린 지도 꽤나 오랜 시일이 지났다. 그 정도라면 장인걸도 마교의 소수 정예가 치고 들어올 가능성에 대비했을 것임에 틀림없다.

아무리 묵향이 생각이 없는 단순 무식한 무골이라고 해도 그런 곳에 단독으로 쳐들어갈 리는 절대로 없다.

더군다나 요 근래 묵향이 보여 주고 있는 모습은 단순 무식과는 거리가 먼, 아주 잔대가리가 잘 돌아가는 교활한 것이었으니 말이다.

"혹, 황제를 암살하려고 하는 것이 아닐까요?"

"현재로서는 그렇게밖에 생각할 수가 없겠네요. 그런데 왜 갑자기 교주가 황제를 암살하려고 하는 거죠? 지금껏 그는 적의 우두머리를 암살해서 단번에 전쟁을 끝내 버리는 방식을 선호하지는 않았는데……."

고개를 갸웃거리던 옥화무제는 문득 생각났다는 듯 총관에게 물었다.

"추밀단에는 문의해 봤나요?"

총관은 난처한 듯한 표정으로 고개를 푹 숙이며 대답했다.

"예, 하지만 너무나 정보가 부족해 추밀단에서도……."

과거처럼 무영문의 많은 정보조들이 마교를 감시하고 있다면 혹 모르겠지만, 지금은 인력 부족으로 인해 마교에 대한 감시는 상대적으로 약해져 있었다.

"악비 대장군의 죽음에 대한 실망감이 그만큼 컸던 것인가? 아무리 그렇다고 해도 왜 안 하던 짓을 하려고 하는지 정말 모르겠군요."

잠시 고심하던 옥화무제는 이윽고 결정을 내렸는지 입을 열었다.

"우리가 알고 있는 모든 걸 넘겨주도록 하세요."

그 말에 총관은 걱정스럽다는 듯 대꾸했다.

"예? 그래도 상관없겠습니까? 지금까지 파악된 정보로는 특급살수 열 명을 한꺼번에 투입한다고 해도 성공할 가능성이 지극히 희박한데요. 그러다가 괜히 흑살마왕의 성질만 건드리는 게 아닌지 모르겠습니다."

"그럴지도 모르죠."

이제 더 이상 할 말이 없다는 듯, 옥화무제는 다음 문서를 집어 들며 물었다.

"이 안건은 뭐죠?"

"예, 황궁에서 무림맹에 무사들을 파견해 줄 것을 요구하고 있답니다."

"왜군 때문에 그러는 건가요?"

"예, 왜군들이 양양성으로 가기 위한 이동로가 황궁 인근을 통과할 뿐만 아니라, 마교에서 처음에 말한 1만이라는 숫자와도 너무 큰 차이가 있다는 점이 문젭니다. 더군다나 교주가 황궁에 잠입해 대신들을 납치하여 고문했을 뿐만 아니라, 황군과도 접전을 벌여 수많은 인명 피해를 입혔기에 황실에서는 마교의 제안을 거부하는 것으로 결론을 내린 모양입니다."

"하긴, 지금까지 해적질을 일삼던 놈들이 갑자기 우리를 돕겠다고 병력을 보냈다는 것 자체가 의심스럽기는 하죠."

잠시 문서를 뒤적거리며 읽고 있던 옥화무제는 슬쩍 고개를 들어 총관을 향해 말했다.

"그렇다면 황실에서 무림맹에 무사들을 파견해 달라고 요청한 것은 그들을……?"

총관은 옥화무제가 채 말을 끝맺지 못했지만 자신에게 뭘 물어보는지를 금방 알아차렸다.

"예, 태상문주님이 생각하시는 그대로입니다."

"흠, 아주 곤란한 일이군요. 지금과 같이 혼란한 상황에서 자칫 마교와 싸움이라도 일어난다면……."

옥화무제는 생각할수록 머리가 아픈지 손가락으로 이마를 가볍게 문질렀다. 그러던 옥화무제는 뭔가가 떠올랐는지 벌떡 일어서며 외쳤다.

"바로 그거야!"

옥화무제의 갑작스러운 외침에 총관은 멍청한 표정으로 되물었다.

"예?"

"교주가 금나라 황제를 암살하려는 이유 말이에요. 지금은 그 어느 때보다도 마교에 대한 불신감이 팽배해 있어요. 교주는 금나라 황제를 암살함으로써 자신의 목표는 금나라라는 사실을 확실히 알리고 싶은 거예요."

총관이 듣다 보니 옥화무제의 말이 그럴듯했다.

"태상문주님의 예측이 맞는 것 같습니다. 그런 이유라면 엉클어진 실마리가 모두 풀려 아귀가 딱딱 맞아 들어갑니다."

옥화무제는 다급히 무림맹에 보낼 문서를 작성한 후 총관에게 건네주며 명령했다.

"지금 당장 무림맹에 전서구를 띄우세요. 무림맹이 황궁을 도와 왜군을 치는 일을 반드시 막아야만 해요. 기껏 공들여서 10만에 가까운 구원병을 얻어 냈는데 그걸 몽땅 다 잃는다면 교주가 얼마나 분노하겠어요?"

"존명! 지금 당장 전서구를 날리도록 하겠습니다."

"최소한 다섯 마리 이상 날리도록 하세요. 무슨 일이 있어도 무림맹에 도착해야 하니까."

"옛! 알겠습니다."

명령을 수행하기 위해 총관이 밖으로 뛰어나가자 옥화무제는 의자에 걸터앉았다. 다시 한 번 더 찬찬히 생각해 봐도 자신이 내린 결론 외에 다른 이유는 없는 듯했다. 하지만 만약 자신의 예상이 틀렸다면?

옥화무제는 나직이 한숨을 내쉬며 투덜거렸다.

"어디에 쓸 정보인지 정확히 말해 주면 이용해 먹기도 편할 텐데……. 워낙 상식을 초월한 인간이다 보니 어디로 튈지 예측하기가 너무 힘들어."

오랜 세월 무림에서 닳고 닳은 옥화무제였지만 묵향을 상대하는 것만큼은 쉽지 않았다. 어떨 때는 혹시 머릿속에 구렁이 열두 마리쯤 넣어 놓고 일부러 순진한 척 능청을 떠는 게 아닌가 생각될 정도로 묵향의 행동은 종잡기가 힘들었던 것이다.

그래도 한 가지만은 확실했다. 오랫동안 묵향과 부대끼며 지내오다 보니 이쪽에서 뒤통수만 치지 않는다면 그는 절대로 그

신뢰를 절대로 저버리지 않는다는 걸 말이다.

*　　*　　*

은밀한 곳에 위치한 무림맹의 비밀회의실에는 무림맹주와 몇몇 수뇌부가 모여 황실에서 날아온 밀서에 대해 긴박한 토론을 벌이고 있었다.

"황실에서 정식으로 협조 요청이 들어왔습니다, 맹주님."

황실에서 요구하는 것은 왜군 격퇴에 무림맹의 힘을 보태 달라는 것이었다. 아무래도 관군의 힘만으로 왜군의 대군을 격파하려면 막대한 피해를 각오해야 할 게 뻔하기 때문이다.

"더 이상 시간을 끌 수는 없습니다, 맹주님. 이제 결정을 내리셔야만 합니다."

"허허, 이거 참. 아주 곤란한 일이로구면."

청호진인의 계속되는 채근에도 맹주는 쉽게 결정을 내리지 못했다. 단순하게 처리할 사안이 아님을 잘 알고 있었기 때문이다. 어찌 되었든 현재 마교와 무림맹은 동맹 관계다. 문제는 최근 마교의 행보를 보면 절대 동맹으로의 신뢰감이 생기지 않는다는 점이었지만…….

황실의 고관대작뿐 아니라 고위직 환관까지 납치해 고문하는 만행을 저지른 마교. 그 과정에서 공동파, 아미파와 충돌해 수십에 달하는 고수들을 살상했을 뿐만 아니라, 그들을 추포(追

捕)하기 위해 출동한 황군 기마대 4백여 기를 도륙하기까지 했다. 맹주가 가장 언짢게 생각하는 것은 그런 무도한 짓거리를 해 놓고도 아직까지도 무림맹에 일언반구조차 없다는 점이었다. 뭔가 해명을 하거나 그럴듯한 변명이라도 늘어놓아야 하는 것이 동맹된 자의 기본 예의가 아닌가.

그 때문에 황실과 마교 사이에는 더욱 골이 깊어진 모양이다. 절강성에 상륙한 왜군들이 마교가 불러들인 동맹군임을 뻔히 알면서도 전멸시킬 작정을 하고 있는 걸 보면 말이다.

물론 무림맹으로서도 황실의 생각을 충분히 이해할 수 있었다. 노략질을 일삼던 왜구들이 자신들을 돕겠다고 병력을 보내온 것도 어이가 없을 지경인데, 그 숫자 또한 어마어마했다. 마교 쪽에서는 1만 명이라고 우기고 있지만, 현재 절강성에 상륙한 왜구의 수는 무려 7만을 상회한다는 정보였다.

그리고 그 수가 또 얼마나 더 불어날지는 개방조차 예측하지 못하고 있었다. 지금도 일주일에 두 차례에 걸쳐 계속 증원병들이 도착하고 있었기 때문이다.

그런 와중에 마교는 왜군을 양양성으로 이동시키겠다고 통보해 왔다. 하지만 그 이동로가 황도 부근을 통과한다는 게 가장 큰 문제였다. 그들이 양양성으로 가는 척하며 곧바로 황성을 향해 진격한다면 도저히 손쓸 방법이 없는 것이다.

그 때문에 지금 무림맹의 수뇌부는 시험 아닌 시험을 당하고 있었다. 황실의 말을 들을 것인가, 아니면 동맹인 마교를 믿을 것인가. 물론 마교를 믿어야 하겠지만, 최근에 보인 마교의 행보와 지원군이라고 온 병력이 그동안 노략질로 유명해진 왜군들이라는 걸 보면, 마교를 곧이곧대로 믿을 수가 없었다. 믿고 그냥 손놓고 있기에는 위험 부담이 너무나도 컸기 때문이다.

눈을 지그시 감고 생각에 생각을 거듭해 봤지만 맹주는 선뜻 결정을 내릴 수 없었다. 물을 한 번 쏟으면 다시 잔에 담을 수 없듯, 이번 결정이 마교와의 관계에 미칠 영향이 너무나도 크다는 것을 잘 알기 때문이다.

이때 감찰부 소속의 문사 한 명이 회의실 안으로 들어와서는 감찰부주에게 문서 몇 장을 건네주고 조용히 방을 나갔다. 감찰부주가 뭔가 하고 힐끗 보다 갑자기 정색을 한 뒤 몰두해서 문서를 읽고 있는 걸 보자 청호진인이 눈살을 찌푸리며 질책했다.

"무슨 일인데 그러는가? 사제."

무슨 일인데 맹주님과의 회의조차 멈추고, 문서를 읽느라 정신을 팔고 있느냐는 질책이었다. 이에 감찰부주는 공손한 어조로 대답했다.

"옥화 봉공님께서 긴급으로 보내신 겁니다. 이번 회의에 참고 자료가 될 듯해서 수하가 급히 들고 온 모양입니다."

감찰부주는 문서를 맹주에게 공손히 바치며 말했다.

"읽어 보시는 게 결단을 내리시는 데 많은 도움이 될듯합니다."

맹주는 문서를 쭉 읽어 본 후 궁금함을 감추지 못하고 있는 청호진인에게 건네주며 말했다.

"허~, 이게 사실이라면 출병은 불가하구먼."

청호진인은 맹주에게서 문서를 넘겨받아 급히 읽어 본 후 맹주의 의견에 반박했다.

"황제를 죽이는 데 성공한다고 해도 마교를 믿을 수 없다는 데는 변함이 없습니다. 왜군이 황성 부근을 통과하다가 창을 거꾸로 잡으면 누가 책임질 겁니까? 만약 그렇게 된다면 황실의 뜻을 따르지 않으신 맹주님의 입지만 위태로워질 겁니다."

"그러면 대체 어쩌자는 건가? 마교는 조잡한 변명쯤으로는 통하지 않을 것 같자, 이렇듯 행동을 통해 자신들의 입장을 밝히려고 하는데 말이야."

옆에서 대화를 듣고 있던 감찰부주가 끼어들었다.

"맹주님의 말씀이 옳으십니다, 사형. 만일 이쪽에서 왜군을 전멸시켰는데 저들의 황제가 죽었다는 소식이 들려온다면 그만큼 난감한 일이 어디에 있겠습니까? 제 생각으로는 일단 황실 쪽을 설득해서 출병을 늦추고, 왜군의 이동 경로를 황도와 멀리 떨어진 다른 쪽으로 해 달라고 마교에 요청하는 게 좋을 듯합니다."

그러자 청호진인은 답답하다는 표정으로 입을 열었다.

"만약 교주가 흑심을 품고 있다면 이쪽에서 시간 여유를 주는 게 오히려 독이 될 수도 있습니다. 그러다가 마교가 금나라 황제를 암살하는 데 성공이라도 해 보십시오. 저들은 아주 당당하게 대군을 황성 쪽으로 이동시킬 게 뻔하지 않습니까?"

그런 상황이 되어서는 곤란하다. 하지만 만약 금나라 황제의 암살이 성공한다면 청호진인의 말대로 될 가능성이 아주 높았다. 지금까지 마교가 행한 태도를 보면 능히 그러고도 남을 만한 사악한 집단이었으니까. 맹주는 머리가 아픈지 고개를 흔들다 침중한 음성으로 입을 열었다.

"흠…, 사질은 저들을 믿지 않는 모양이구먼."

"물론입니다, 맹주님. 믿을 사람이 따로 있지, 어찌 마교도들의 말을 믿는단 말입니까."

두 사람이 대화를 하는 동안 감찰부주는 어떻게 하는 게 좋을지 열심히 고민을 해 보았지만, 마땅한 방법이 떠오르지 않자 한숨을 내쉬며 중얼거렸다.

"허허, 이거 참. 일이 정말 고약하게 되었습니다."

"고약할 것도 없네. 저들이 황제를 암살하지 못하도록 막기만 하면 아무런 문제될 게 없어."

그 말에 맹주는 귀가 솔깃했는지 급히 물었다.

"그건 대체 무슨 말인가?"

"금나라 쪽에 정보를 슬쩍 흘리는 겁니다. 마교가 황제의 암살을 계획하고 있다고 말이죠. 안 그래도 철옹성 같은 곳인데 만반의 대비까지 갖추게 되면 제아무리 날고 기는 살수라도 절대 성공할 수 없을 겁니다. 만약 왜군을 전멸시킨 것을 따지고 들면, 너희들이 저지른 만행으로 인해 황실에서 도저히 못 믿겠다고 협조를 요청해 왔다고 하는 겁니다. 저희들이야 충성스러운 송나라 백성들이니 황실의 명을 거역할 수가 없지 않겠습니까? 무엇보다 마교가 우리에게 믿을 만한 동맹의 '증거'를 보이지 못했으니 더 이상 따지지 못할 걸로 생각합니다."

이 말대로라면 충분히 명분은 서게 된다. 그러나 맹주는 선뜻 결정을 내리기 힘들었다.

"흐음……."

고심하는 맹주를 바라보며 청호진인은 진지한 어조로 말했다.

"이 일은 황실에서 진행하고 있는 작전입니다. 애초에 황실과 이런 갈등 관계를 조장한 쪽은 마교가 아닙니까? 씨앗을 뿌린 것은 그들이니 그에 따른 결과도 그들이 책임져야지요."

한참 동안 고심하던 맹주는 한숨을 푹 내쉬며 중얼거렸다.

"어쩔 수 없구먼. 청호 사질은 각 파의 장문들에게 협조공문을 발송하도록 하게."

그 말에 청호진인은 멋쩍은 표정으로 품속에서 문서 몇 장을 꺼내 들며 맹주에게 보여 주었다.

"시간이 촉박할 듯하여 제가 임의로 각 파의 장문인들에게 전서를 보냈습니다. 열두 개 문파에서 제자들을 보내주겠다고 약속했습니다. 맹주님의 허락을 받지도 않고 먼저 전서를 보낸 점 깊이 사죄드립니다."

독단적으로 일을 처리했음에도 맹주는 그다지 기분 나쁘지 않은 듯 그저 고개를 끄덕였다.

"허허, 그랬군. 잘했네, 잘했어."

청호진인이 맹주의 허락도 떨어지기 전에 각 문파에 전서를 보낸 건 사안의 급박함도 있었지만, 무림맹 체제가 안고 있는 고질적인 문제점 때문에 그랬던 것이다. 무림맹에는 맹주의 명령으로 즉각 동원할 수 있는 독립 세력이 없기에, 대규모로 무사를 동원하려면 각 문파의 수장들에게 요청해서 인력 지원을 받아야만 했다. 그러다 보니 급작스럽게 어떤 일이 발생했을 때 그에 맞춰 인력을 동원한다는 건 불가능한 일이었다.

그런 이유 때문에 청호 장로는 월권행위인 줄 뻔히 알면서도 맹주의 허락이 떨어지기도 전에 각 파의 장문들에게 협조공문을 날렸던 것이다. 맹주의 허락이 떨어진 후에 협조공문을 날려서는 너무 늦으니까 말이다. 문서에는 각 파에서 파견하겠다고 통보해 온 인원들이 일목요연하게 기록되어 있었다. 문서를 살펴보고 있는 맹주의 눈치를 살피며 청호진인이 슬쩍 물었다.

"지휘는 누구에게 맡기는 게 좋겠습니까?"

청호진인의 물음에 맹주는 별다른 생각 없이 곧바로 대답했다.

"맹호검군 장로에게 맡길까 하네."

"맹호검군보다는 차라리 만수에게 맡기는 게 좋지 않겠습니까? 사제가 공을 세울 수 있는 절호의 기회인데, 그걸 맹호검군에게 양보한다는 건 참으로 아쉽다고 생각합니다, 맹주님."

 왜군들의 숫자가 많다고는 하지만 각 파에서 보내 주기로 한 무사들만 제대로 온다면 그들을 처리하는 건 그야말로 식은 죽 먹기일 것이다. 따라서 무사들을 지휘하는 자는 커다란 공을 거저 세우는 것이나 마찬가지였다.

 청호진인은 그런 공을 다른 문파에게 양보한다는 게 속이 쓰렸던 것이다.

 "흠…, 사질이 그리 생각한다면 만수에게 맡기기로 하지. 누가 가도 별 상관 없는 일이니까 말이야."

 "그럼 만수 사제에게 일러두겠습니다."

 "언제 출발할 수 있겠나?"

 "이미 각 파로부터 차출된 인원이 맹을 향해 출발한 상태니, 늦어도 이틀 안에는 출발시킬 수 있을 겁니다."

 그제서야 문서에서 눈을 뗀 맹주는 침중한 표정으로 입을 열었다.

 "그럼 차질이 없도록 잘 부탁하네."

 "옛, 맹주님!"

 현 시점에서 맹주로서는 이게 최선의 선택이었다. 무작정 동맹 관계인 마교를 믿기에는 왜군의 막대한 수가 너무나도 큰 압박으로 다가왔으니까.

암도진창(暗渡陣倉)

DARK STORY SERIES Ⅲ

24

눈에는 눈

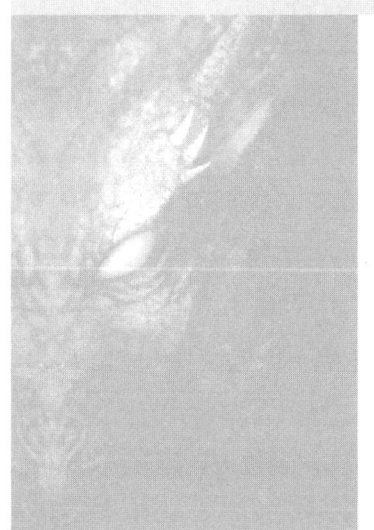

무영문에서 날아온 보고서를 읽은 묵향은 실망하지 않을 수 없었다. 생각했던 것 이상으로 정보가 부실했기 때문이다.

"상당히 기대했었는데, 이제 보니 정보력 하나만큼은 자신 있다고 까불던 무영문도 별거 아니었군."

관지는 부실한 무영문의 정보가 오히려 반가웠다. 제대로 된 정보가 없으니 무모하게 쳐들어가자고는 하지 않을 것 아닌가.

"연경 공략은 아직 시기상조입니다. 차라리 다른 방법을 생각해 보시는 게 어떻겠습니까? 더군다나 이번에 새로 입수된 정보에 따르면, 놈들이 만통음제 대협을 구금하고 있다는 게 확실하게 드러났지 않습니까?"

편복대가 흘린 거짓 정보가 묵향에게 도착한 상태다. 하지만 묵향에게 있어서 변한 것은 하나도 없었다. 이미 그럴 거라고 짐작하고 있었던 사실을 확인한 것에 불과했으니까.

묵향은 고개를 가로저으며 말했다.

"본좌는 전혀 그럴 생각이 없네. 정보가 조금 모자라면 어떤가? 어차피 전투는 도박이야. 적의 규모가 그리 대단하지 않다는 확실한 정보를 가지고 쳐들어갔는데, 실제로는 바로 그 전날 적의 대규모 지원군이 도착해 있다면 결과는 어떻게 되겠나? 또 상대의 대비태세가 엄청난 줄 알았는데, 사실은 그게 다 허장성세(虛張聲勢)였다면?"

"……."

묵향이 이런 식의 말을 꺼낸 의도는 뻔했다. 자기 행동에 대한 합리화. 정보 따위는 참고 자료일 뿐, 연경 공략을 취소할 의도는 전혀 없다는 말이었다.

관지는 아무런 대답도 하지 않았다. 그로서는 그게 자신이 할 수 있는 최대한의 반항이었으니까. 무표정한 관지의 표정을 힐끔 쳐다본 묵향은 떨떠름한 표정으로 물었다.

"내키지 않는 표정이군."

"솔직히 말씀드려도 되겠습니까?"

묵향으로서는 관지의 반론을 듣고 싶은 생각이 전혀 없었지만, 그래도 지금껏 자신이 듣기 싫다고 부하들의 입을 틀어막은 적은 없었다.

"물론. 본좌는 수하들의 의견을 경청하는 걸 좋아하지."

묵향의 표정과 말의 뜻이 완전히 정반대였기에 관지는 피식 미소 짓지 않을 수 없었다. 물론 그게 어이없어 짓는 미소라는 게 문제였지만…….

"황제가 기거하는 곳인 만큼 분명 저들은 여기저기에 함정을 설치해 놨을 겁니다. 잘못 걸려들면 아무리 교주님이라도……."

거기까지 말하던 관지는 급히 입을 다물었다. 말을 하다 보니 교주의 능력을 무시하는 듯 비쳐질 수 있다는 생각이 들었기 때문이다. 그는 급히 고개를 조아리며 사죄했다.

"속하의 혀가 어떻게 됐는가 봅니다. 교주님의 능력을 의심하는 건 결코 아니었습니다."

안 그래도 떨떠름하던 묵향의 안색에 짙은 불쾌감이 떠올랐다. 하지만 그는 분노를 폭발시키지는 않았다. 대신 관지를 향해 딱딱한 어조로 명령을 내렸다.

"됐네. 본좌는 혈랑대를 이끌고 연경에 다녀올 테니, 무슨 일이 생기면 철영에게 통보해서 그의 지시를 따르도록!"

"존명!"

이제 더 이상 의논할 게 없다는 듯 묵향이 자리에서 벌떡 일어섰다. 하지만 관지는 그런 묵향을 향해 황급히 말을 걸었다. 비록 묵향의 노여움을 사 목이 날아가는 한이 있더라도 그는 충언을 주저하지 않는 강직한 무인이었기 때문이다.

"교주님, 한 가지 더 고려하셔야 할 게 있습니다."

묵향은 관지가 사사건건 걸고넘어지는 듯하자 노기가 치밀었다. 그래도 그는 애써 불쾌감을 억누르며 대꾸했다. 딴 놈이었다면 오래전에 목을 비틀어 놨겠지만, 관지가 뛰어난 인물임을 묵향은 잘 알고 있었다. 자기 기분이 안 좋다고 해서 유능한 부하의 입을 틀어막을 정도로 묵향은 멍청하지 않았다.

"그래, 말해 보게."

"단순히 연경만 공략해서는 안 됩니다. 장인걸은 곧바로 혈 랑대의 이동을 포착해 낼 겁니다."

뻔히 아는 소리였기에 묵향은 짜증을 억누르며 퉁명스레 대꾸했다.

"마기를 도저히 어찌할 수 없다는 걸 자네도 잘 알지 않나? 그러니 예로부터 본교는 적들이 미처 대비 태세를 갖추기 전에 돌격하는 전법을 즐겨 사용했던 거지."

"물론입니다, 교주님. 하지만 여기서 연경까지는 거리가 너무 멉니다. 적들이 대비 태세를 갖추기에 충분한 시간 여유를 줄 수 있다는 점이 문제입니다."

"쯧쯧, 그런 걸 두려워한다면 아무것도 못 해."

"하지만 대비책은 세울 수 있습니다. 적이 이쪽의 움직임을 포착할 건 뻔한 이치니, 그걸 역이용할 수 있는 방법을 강구해 봐야죠."

말을 듣던 묵향의 얼굴에서 점차 짜증이 사라졌다. 무조건적인 반대를 하는 것이 아니다. 듣다 보니 뭔가 방법이 있는 듯했다. 그래서인지 묵향의 얼굴에는 조금이나마 관지의 말에 흥미를 느끼고 있다는 빛이 떠올랐다.

"그렇게 얘기하는 걸 보니 뭔가 좋은 방법이 있는 모양이군. 그게 뭔가?"

관지는 탁자에 놓여 있는 지도 위를 손가락으로 가리키며 힘주어 말했다.

"이쪽을 동시에 타격하는 겁니다."

관지의 손가락이 가리킨 곳은 바로 장인걸의 식량 저장고였다. 60만 대군이 소모하는 식량인 만큼, 남양에 쌓여 있는 군량미는 범인의 상상을 초월할 정도로 어마어마한 양이었다.

순간 묵향의 안색이 팍 일그러졌다. 기대했던 것만큼 별로 좋은 계책이 아니었기 때문이다.

"흐음…, 놈의 가장 치명적인 약점인 만큼 대비 태세를 완벽하게 갖춰놨을 텐데?"

"이곳을 공략하는 척한다면 장인걸은 자신의 세력을 몽땅 다 이쪽으로 쓸어 넣을 겁니다. 이곳을 잃으면 끝장이라는 걸 그도 잘 알고 있을 테니까요. 그동안 교주님께서는 혈랑대를 이끌고 연경을 치시는 겁니다. 나중에 장인걸이 혈랑대의 움직임을 포착한다고 해도 그쪽으로 병력을 빼기는 쉽지 않을 겁니다. 아니, 눈치 챘다고 해도 연경으로 구원 부대를 보내기에는 이미 때가 늦어버린 후가 되겠지요."

"과연! 자네 말이 옳군. 이거 꽤나 괜찮은 작전이야."

생각해 볼수록 괜찮은 계책이었다. 그래서인지 묵향의 얼굴에는 인내심 있게 수하의 말을 듣고 있기를 잘했다는 생각이 그대로 떠올라 있었다. 자신의 계책을 듣고 흡족해하는 주군의 표정을 바라보던 관지는 깊숙이 고개를 조아렸다. 그가 묵향을 존경하며, 그를 따르는 이유가 바로 이것이니까. 자신의 마음에 들지 않더라도 수하의 의견을 진지하게 받아들여 주는 인물이 묵향이었던 것이다.

"속하의 계책이 도움이 되셨다니 기쁘기 한량없습니다."

*　　*　　*

관지와 이번 작전을 어느 정도 세밀하게 다듬은 묵향은 홀로 마교의 주력 부대가 주둔해 있는 대별산맥으로 갔다. 최악의 경우 장인걸과의 정면충돌까지 예상해야 하는 만큼 마화 등 그가 좋아하는 사람들과 함께 연경으로 갈 생각은 전혀 없었다.

주둔지에 도착한 묵향은 곧바로 철영 부교주와 세 명의 장로들을 불러들여 작전회의를 시작했다.

묵향으로부터 이번에 행할 작전을 지시받은 철영 부교주는 불만족스러운 어조로 입을 열었다.

"닭 잡는 데 소 잡는 칼을 쓰실 필요가 있겠습니까? 황제를 잡아들이는 일은 속하에게 맡겨 주십시오."

"본좌가 자네의 실력을 믿지 못해서 연경에 직접 가겠다는 게 아닐세. 방금 말했지 않나? 그곳은 어떤 함정이 도사리고 있는지 모르는 사지(死地)라고 말이야. 본좌는 그런 곳에 수하들만 보내는 사람이 아님을 자네도 잘 알 텐데?"

"아무리 흉험한 함정이 도사리고 있다 하더라도 극복해 낼 자신이 있습니다. 무슨 일이 있어도 교주님의 명을 반드시 완수해 내겠습니다."

철영 부교주가 이렇듯 고집을 부리는 것은 관지 장로에 대한 경쟁심 때문이었다. 자신이 그곳에 가서 황제를 잡아온다면, 그토록 위험한 곳이라고 주장했었던 관지의 체면은 엉망진창이 될 테니 말이다. 물론 만통음제를 구출해야 하는 묵향으로서는 그 의견을 받아들일 수 없었다. 철영 부교주의 속마음까지는 눈치 채지 못했지만 자신이 가려고 하는 곳에 철영이 가겠다고 계속 우기자 묵향은 은근히 짜증이 치솟았다.

"자네는 따로 할 일이 있다고 했잖나. 바로 장인걸의 발목을 붙잡아 두는 것 말이야."

여기까지 말한 묵향은 슬쩍 비웃음을 흘리며 이죽거렸다.

"왜? 장인걸과 맞서기가 두려운가?"

철영 부교주는 발끈해서 외쳤다.

"절대로 그런 건 아닙니다."

"그게 아니라면 시키는 대로 해! 황제는 본좌가 처리할 테니까."

이렇게 말한 묵향은 장로들을 둘러보며 외쳤다.

"자, 모두들 가서 출동 준비하도록 해. 지금 당장 출발한다!"

"존명!"

격렬한 전투를 예감했음인지 장로들의 눈빛은 피를 향한 광기로 번들거리고 있었다.

*   *   *

 요 며칠동안 편복대주의 마음은 심란하기 그지없었다. 묵향의 본심을 떠보기 위해 보낸, 만통음제를 자신들이 납치했다는 소문을 퍼트리라는 명령서가 만현에 있는 첩자들에게 도착하기도 전에 마교 고수들이 한순간에 모습을 감춰 버린 것이다.

 더군다나 마교 전투단이 어디로 갔는지 그 흔적을 찾는 것조차 실패했다. 마교 고수들의 경우 자연스레 흘러나오는 마기 덕분에 수십 리 밖에서도 그 위치를 쉽게 포착할 수 있음에도 불구하고, 그들이 나타났을 때와 마찬가지로 흔적도 없이 사라지다 보니 미행을 하던 편복대로서는 황당하기 그지없을 수밖에 없었다.

 편복대주의 명령에 의해 저들의 흔적을 왜 놓쳤는지에 대한 철저한 조사가 시작됐다. 금쪽같은 시간을 3일씩이나 잡아먹은 후에야, 그들은 왜 자신들이 마교 전투단의 이동을 놓쳐 버릴 수밖에 없었는지 그 이유를 밝혀낼 수 있었다.

 일선에 나가 있는 편복대의 조장들은 임무를 마친 마교 전투단이 십만대산으로 돌아갈 거라고 판단하고 첩자들을 만현에서부터 북쪽과 서쪽 그리고 서남쪽 방향까지 폭넓게 배치해 놨었다. 하지만 조사 결과 놈들은 총단 쪽으로 돌아가지 않고 남동쪽 어딘가로 달려간 모양이었다.

 때가 조금 늦기는 했지만 그래도 첩자들은 편복대주의 명령을 성실히 따랐다. 마교 고수들이야 만현을 떠났어도 그들을 지원하는 마교의 첩자들은 이곳에 남아 있지 않을까 하는 일말의 기대감을 가지고. 하지만 편복대주의 기대와 달리 호수 속에 돌맹이 하나를 던져 넣은 것처럼, 은근슬쩍 소문을 흘렸어도 지금까지 아무런 반응이 없었다.

정파의 명숙인 만통음제를 찾겠다고 최상급 전투단을 투입한 것만 해도 이해하기 힘들었는데, 일주일도 채 지나지 않아 그들이 감쪽같이 종적을 감춰 버리자 편복대주의 머리는 터질 것만 같았다. 도대체 묵향 부교주의 속셈을 짐작할 수가 없었기 때문이다. 지금쯤이면 분명 자신이 흘린 거짓 정보를 포착했을 게 분명한데 왜 아직까지도 아무런 반응이 없을까? 지금까지 조사한 결과에 따르면 묵향 부교주는 만통음제와 모종의 친분 관계를 쌓고 있는 게 분명했다.

그건 편복대주의 탁자 위에 두텁게 쌓여 있는 문서들이 보장하고 있는 사항이었다.

"젠장, 놈이 쳐 놓은 그물에 걸려 병신같이 자라짓을 하고 있었단 말인가?"

편복대주는 인상을 찡그리며 탁자 위에 쌓여 있는 문서들 중 표지가 붉은색으로 채색된 두툼한 문서 다발로 손을 뻗었다. 그건 1개월쯤 전에 있었던 전투를 종합적으로 조사해 놓은 보고서였다. 그 당시 전투는 세 곳에서 거의 동시에 벌어졌는데, 특이하게도 그중 두 곳에서 묵향 부교주가 모습을 나타냈다.

두 곳의 거리는 꽤나 떨어져 있었지만, 탈마의 경지에 이르렀다는 극강의 고수에게 그 정도 거리는 큰 문제가 되지 않았을 거라고 생각해서 처음에는 대수롭지 않게 넘겼었다.
 그러다가 어느 날인가 문서를 살펴보던 편복대주의 뇌리에 문득 의문이 떠올랐다. '그는 마교의 지존이 아닌가? 아무리 정파와 협정을 맺고 있다지만, 그가 왜 직접 거기까지 달려왔을까?' 하는 것이었다. 생각할수록 이해할 수 없는 일이었다. 그래서 그는 수하들에게 그때의 전투에 대해 정밀 조사를 하라고 명령했다. 편복대는 무려 한 달이라는 시간을 투자해서 생존자들을 철저하게 조사했다. 그리고 그 결과가 지금 그의 탁자 위에 쌓여 있는 이 문서들이다.
 편복대주는 문서들을 통해 중요한 사실 하나를 잡아낼 수 있었다. 묵향 부교주가 천지문을 구하기 위해 달려와 살육전을 벌였을 때와 만통음제를 구하기 위해 장인걸 교주와 충돌했을 때의 시간 차가 그리 크지 않다는 점을 말이다.
 아무리 그가 초고수라도 이 정도의 시간 차라면 꽁지가 빠지게 달려갔다는 걸 의미했다. 그런 이유로 인해 편복대주의 조사 방향이 완전히 바뀌었다. 그 전까지만 해도 피도 눈물도 없다는 냉혈한인 만큼 묵향이 달려온 이유를 다른 곳에서 찾고 있었다. 하지만 묵향이 그들을 살리기 위해 비정상적일 정도로 최선을 다했다면 얘기는 완전히 달라진다.
 "천지문! 만통음제! 그 둘 다 부교주로 하여금 최선을 다하게 만들 정도로 소중한 뭔가를 지니고 있다고 봐야 하겠지. 그런데 정말 이상하군. 만통유제야 비록 다른 길을 걷고 있다 해도 뛰어난 인물인 만큼 서로가 뭔가 통했을 수도 있겠지. 하지만 천지문은 아무리 조사해 봐도 도무지 이해할 수가 없단 말이야. 그런 보잘것없는 문파와 불가침조약을 맺었다는 것도 의문이지만, 그들을 구하겠다고 부교주 같은 사람이 직접 달려갈 이유도 없잖아?"

편복대주는 한동안 더 자료를 뒤적거렸다. 사실 이 모든 자료는 오래전에 몇 번씩이나 읽어 본 상태였기에, 건성으로 뒤적거리고 있는 것일 뿐 정독을 하고 있었던 건 아니다. 새로운 정보가 더 입수된다면 모를까 현재로서는 더 이상 알아낼 수 있는 건 없었다.

"뭔가 있기는 있는데…, 그게 당최 뭔지를 모르겠단 말씀이야. 내가 혹시 중요한 뭔가를 간과하고 그냥 놓친 건 아닐까?"

양양성에 침투한 편복대원들이 지금까지 보고해 온 정보들을 종합해 보면, 묵향 부교주의 모습은 단순무식한 깡패 두목 정도로 그려진다.

하지만 마교 쪽에서 탈출해 온 고수들로부터 그의 얘기를 들어보면, 그의 모습은 완전히 뒤바뀌었다. 피도 눈물도 없는 냉혈한. 한 번 했던 실수는 절대로 되풀이하지 않는 노회한 지략가. 그리고 그는 동조자들을 포섭하는 데 있어 특별한 재능이 있는 모양이었다. 장인걸 교주가 마교를 완전히 장악했음에도 불구하고 교주의 수하들을 야금야금 흡수해서 결국에는 판세를 뒤집어엎어 버린 걸 보면 말이다.

그걸 보면 묵향 부교주라는 인물은 무공도 뛰어나지만 음모와 술수에도 대단히 능한 인물임에 틀림없었다.

"끄응~ 뭔가가 있어, 뭔가가……."

이때 밖에서 수하가 다급히 달려 들어와 보고했다.

"무림맹에서 특급 정보가 입수되었습니다."

"무림맹에서?"

편복대주는 수하로부터 전서를 받아 급히 읽었다. 전서를 다 읽은 편복대주의 입가에 묘한 미소가 흘러나왔다.

드디어 이해할 수 없었던 마교의 꿍꿍이속을 알게 된 것이다. 만통음제를 찾는 척하며 연막을 친 다음, 황제를 노린 것이다.

"감히 황제를 암살하겠다고? 큭큭큭……."

비꼬는 어조로 이죽거리던 편복대주는 옆에 서 있는 수하에게 급히 명령했다.

"지금 당장 하루아 장군에게 통보해라. 고수 5백 명을 이끌고 연경으로 가서 구양운 장로께 신고하라고 말이야. 그리고 연경에 계시는 구양운 장로님께도 이 사실을 알리도록 해."

"옛, 대주님!"

수하가 달려 나간 후 편복대주는 비릿한 미소를 지으며 이죽거렸다.

"크크, 특급살수를 수십 명 투입해 봐라. 황제 근처에나 갈 수 있는지……."

편복대주는 기분 좋게 의자에 앉아 푸근히 몸을 기대며 중얼거렸다. 마치 앓던 이가 빠진 듯한 개운함이 그의 목소리에서 묻어 나왔다.

"놈들이 감히 황제를 노렸으니 이쪽에서도 놈들의 황제를 노리는 게 예의겠지? 뭐, 황궁 쪽은 거의 드러난 거나 다름없으니 특급살수 한 명만 보내도 충분할 거야. 자, 그럼 누구를 보내는 게 좋을까? 크흐흐."

사실 자신들의 황제를 노린 것에 대한 복수의 의미만 아니라면, 그런 무능하기 짝이 없는 황제를 구태여 죽일 필요는 없었다. 새로운 황제가 유능한 인물일 경우, 오히려 안 죽인 것보다 더 못한 상황이 벌어질 수도 있기 때문이다.

하지만 저쪽에서 황제를 노린다면 이쪽에서도 황제를 노리는 게 옳다. 그래야 다시는 감히 황제 폐하를 노릴 엄두를 내지 못할 테니까.

* * *

"놈들이 언제 살수를 보내올까?"

복수의 의미인 만큼 편복대주는 살수를 보내는 시점을 저쪽에서 황제 암살에 실패한 후로 잡고 있었다. 따라서 구양운 장로에게서 살수를 없앴다는 연락이 오기만을 애타게 기다렸다.

그날도 편복대주가 차를 마시며 애타는 속을 진정시키고 있을 때 밖에서 수하가 다급히 달려 들어오며 외쳤다.

"대주님, 급보가 도착했습니다!"

"크흐훗, 드디어!"

수하의 말에 편복대주는 회심의 미소를 짓지 않을 수 없었다. 마침내 놈들의 살수가 붙잡혔다고 생각했으니까. 하지만 그의 미소는 곧이어 들려온 수하의 말에 흔적도 없이 무너져 버렸다.

"대규모로 이동 중인 마교 집단이 포착되었답니다."

"뭣이! 대규모라고?"

입으로는 경악성을 터뜨리면서도, 그의 눈은 수하에게서 건네받은 전서를 읽느라 분주하게 움직이고 있었다.

새롭게 포착된 마교 고수의 수는 대략 2천여 명! 물론 그 숫자만으로 그들이 어느 정도 전투력을 지니고 있는지는 알 수 없는 노릇이다. 예를 들면, 2천 명 규모로 이뤄진 염왕대의 전투력이 겨우 1백 명 정도인 천마혈검대보다 훨씬 뒤쳐지는 게 사실이었으니까.

그런데 마교 고수들의 이동을 포착한 첩자가 보낸 전서에는 상대의 무공에 대한 예측까지 포함되어 있었다. 특1급 고수 1백여 명, 특3급 고수 5백여 명, 나머지는 1급 고수들로 추측된다는 것이었다. 특1급 고수들이 끼어 있는 걸 보면, 얼마 전 행적을 놓친 바로 그 마교 전투단이 다시금 모습을 드러냈다고 판단하는 게 옳을 것이다.

숫자만으로 따져 본다면, 과거 장인걸 교주 시대 때 마교가 보유하고 있었던 전투단 중 천마혈검대, 수라마참대, 천랑대가 함께 출동한 것과 유사한 전력을 지녔을 거라고 추측할 수 있었다. 즉, 묵향 부교주가 그 휘하의 가장 강력한 전투단 세 개를 한꺼번에 투입했다고 봐도 무방했다.

"도대체 이들이 왜?"

편복대주는 이해할 수가 없었다. 묵향 부교주가 미치지 않고서야 이들이 여기에 나타날 이유가 없었기 때문이다. 그렇다면 이건 적들의 정면 공격의 징조인가?

편복대주는 급히 수하에게 물었다.

"이들 외에 다른 움직임을 포착했다는 보고는 없었느냐?"

"전혀 없었습니다, 대주님."

"이해할 수가 없군. 아무리 마교가 최강의 전투력을 지니고 있다손 치더라도 이들만으로 대체 뭘 할 수 있다는 거지?"

그렇게 중얼거리던 편복대주의 뇌리를 스치는 게 있었다.

"아차! 내가 실수했다. 부교주는 처음부터 살수를 투입할 생각이 없었던 거야."

편복대주는 자신의 멍청함을 한탄했다. 사실 마교에서 살수를 보낼 거라는 정보가 무림맹에서 흘러나왔을 때부터 의심했어야 했는데……. 그게 자신이 하고 있던 생각과 맞아떨어졌기에 아무런 의심없이 받아들인 게 문제였다.

"빌어먹을! 연경에 살수를 보낸다는 건 이쪽의 병력을 분산시키기 위한 연막전술이었어! 내가 그런 초보적인 간계(奸計)에 놀아나다니……."

정말이지 묵향 부교주는 계책에 능한 인물이었다. 아니, 그게 아니라 그 밑에 있는 모사가 뛰어난 놈인지도 모른다. 설민이라고 했던가? 설무지라는 뛰어난 실력자의 아들이라고 하더니, 과연 혈통이라는 건 무서운 것인 모양이다.

"놈들의 농간에 완전히 당했군."

편복대주는 급히 지도를 활짝 펴고 상대방의 진로를 판단했다. 놈들의 전력과 그 규모로 봤을 때 노릴 만한 곳은 세 군데 정도였다. 연경과 남양, 그리고 노하구. 편복대주는 이를 으드득 갈며 거칠게 지도를 움켜쥐었다. 놈들이 어딜 노릴지 생각할 필요조차 없었다.

남양!

만약 놈들이 이곳에 쌓여 있는 군량미를 불살라 버린다면 60만 금군 전체가 위태롭다.

"교주님께서는 어디에 계시느냐?"

"집무실에 계신 것으로 알고 있습니다."

수하의 말이 채 끝나기도 전에 편복대주는 장인걸이 있는 집무실을 향해 달려갔다.

드러난 묵향의 약점

DARK STORY SERIES III

24

눈 는 에 눈

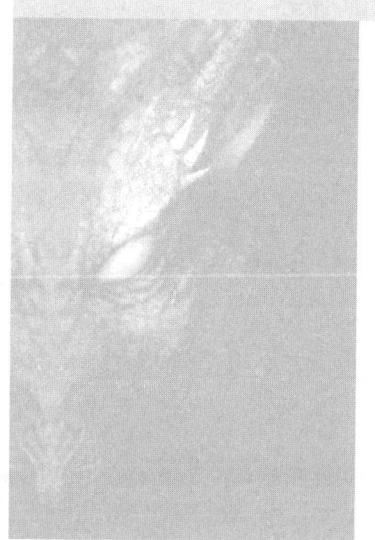

장인걸은 고위급 장수들과 함께 봄에 시작될 군사 작전에 대해 논의하던 중이었다.

이때 아무런 통보도 없이 문이 갑자기 벌컥 열리며 편복대주가 뛰어 들어왔다. 편복대주는 장인걸이 장수들과 함께 있는 걸 보자마자 급히 발걸음을 늦추며 전음을 보냈다. 장수들에게까지 이 사실을 알릴 필요는 없다고 생각했기 때문이다.

〈교주님! 큰일 났사옵니다.〉

무슨 일인데 이렇게 난리를 치는 것이냐는 듯 잔뜩 얼굴을 찌푸린 장인걸의 시선이 편복대주 쪽으로 향했다.

〈묵향 부교주가 움직이기 시작했사옵니다.〉

그 말에 장인걸은 더 이상 들을 필요도 없다는 듯 시선을 돌려 휘하 장수들에게 양해를 구했다.

"편복대주가 본좌에게 할 중요한 얘기가 있는 모양이네. 작전 회의는 다음에 하는 게 어떻겠나?"

장수들이 모두 집무실을 나간 후 장인걸은 편복대주에게 말했다.

"소상히 고해 보거라."

편복대주는 재빨리 지도를 편 후 그 위를 손가락으로 가리키며 말했다.

"이쪽으로 움직이고 있는 마교의 3개 전투단이 포착되었사온데……."

3개 전투단이라는 말에 장인걸의 표정에 긴장감이 떠올랐다.

"놈들의 목표는?"

"그 위치에서 놈들이 공격해 올 가능성이 가장 큰 곳은 이곳과 이곳이옵니다."

편복대주의 손가락이 가리킨 곳은 노하구와 남양이었다.

노하구는 장인걸의 주력 부대가 주둔하고 있는 곳이었기에 이곳을 공격 목표로 잡을 멍청이는 아무도 없을 것이다. 그렇다면 편복대주가 두 번째로 가리킨 곳이 목표일 가능성이 컸다.

순간, 침착하던 장인걸의 얼굴이 왈칵 일그러졌다. 군량미를 잃게 되면 60만에 달하는 대군을 유지할 방법이 없음을 잘 알기 때문이다.

"어떤 대가를 치르더라도 군량미는 반드시 지켜야 한다."

태사의에서 벌떡 일어선 장인걸이 서둘러 걸음을 옮기기 시작하자, 편복대주는 급히 그 뒤를 쫓아가며 말했다.

"이미 각 장수들에게 출동 준비 명령을 내렸사옵니다."

편복대주가 말하는 건 장인걸 직속으로 편제되어 있는 마공을 수련한 수천에 달하는 고수들을 말하는 것이었다.

"무림맹의 움직임은?"

"일전에 보고드린 것에서 변동 사항은 없사옵니다. 우리 쪽의 작전대로 황실의 압력에 의해 왜군을 격파하기 위해서 움직이고 있사옵니다. 그리고 곤륜에서 양양성으로 움직이고 있는 도사들은 그 이동 속도로 보아 이번 작전과는 아무런 연관성이 없는 듯 보이옵니다."

급히 발걸음을 옮기고 있던 장인걸은 갑자기 걸음을 멈췄다. 무림맹의 움직임이 전혀 없다는 게 의외였기 때문이다.

"그렇다면 양양성의 움직임은?"

"그쪽도 아직까지 아무런 변동이……."

장인걸은 고개를 갸웃하지 않을 수 없었다.

"그렇다면 마교의 단독 작전이란 말인가?"

"현재까지 드러난 정황으로 봐서는 그런 것 같습니다, 교주님."

"이상하지 않은가? 노하구나 남양을 마교 혼자서 치려면 막심한 피해를 각오해야 할 텐데, 그런 미친 짓을 놈이 왜 하려고 하는 거지? 뭔가 딴 계략이 있는 게 아닐까? 혹시 연경을 치려고 연막을 친다든가……."

"놈들이 만약 연경을 노린다면 더욱 잘된 일이옵니다. 황제 폐하의 암살에 대한 정보가 들어왔을 때, 연경에 5백 명의 고수들을 이미 지원해 놓은 상태이지 않사옵니까? 그들이 연경으로 이동해 들어간다면 교주님께서는 전 병력을 이끌고 그들을 추격하여 연경 인근에서 포위, 격멸할 수 있을 것이옵니다."

 편복대주의 말대로 되기만 한다면 놈들을 이리저리 몰며 박살을 낼 수 있을 것이다. 문제는 놈들의 움직임이 어디로 향하느냐 하는 점이었다.

 "좋아, 일단 남양으로 가서 사태를 관망하기로 하지."

*   *   *

 불세출의 고수 묵향의 그늘에 가려 빛을 잃고 있긴 했지만, 철영 역시 마교의 이름에 부끄럽지 않은 걸출한 고수다. 교내에서 2인자라 해도 과언이 아닌 그였지만, 요즘 그의 마음은 그다지 편안하지 못했다. 교내에서 그의 유일한 경쟁자라고 할 수 있는 관지는 계속 크나큰 전공을 세우며 자신의 능력을 교주에게 과시했기 때문이다..

 하지만 자신은 이게 뭐란 말인가? 뭔가 확실한 걸 보여 줘서 교주의 신임을 얻어야만 한다. 안 그래도 묵향 부재 시에 교주직을 차지하려 했던 일로 인해 밉보여 있는 상황인데……. 물론 묵향은 그렇게 생각하지 않을지 몰라도 지은 죄가 있는 철영의 마음은 찜찜했던 것이다.

 하지만 재수 없게도 아직까지 단 한 번도 그에게는 제대로 된 기회가 주어지지 않았다. 자신의 능력을 과시할 만한 기회가 말이다. 그러던 차에 드디어 기회가 왔다.

연경으로 돌진해 들어가 황제를 붙잡아 오는 임무. 더군다나 마교 최강의 전투단인 혈랑대를 지휘할 수 있는 만큼 황제의 모가지는 이미 손아귀에 쥔 거나 다름없었다.

그 때문에 철영 부교주는 자신이 그 임무를 맡겠다며 묵향에게 고집을 부렸던 것이다. 하지만 자신은 남양으로 향하는 임무를 맡았다.

그렇다고 지금 자신이 떠맡은 임무가 만만하다는 건 아니었다. 노회하기 그지없는 장인걸의 발목을 붙잡는 임무다. 더불어 적의 식량 창고를 불지를 수만 있다면 지금까지 관지가 세운 공과는 비교도 할 수 없는 큰 공을 세우게 된다.

식량이 없는데 60만 대군을 무슨 수로 유지할 수 있겠는가. 당연히 적의 대군은 모래성처럼 무너져 내릴 것이고, 이 전쟁의 최고 수훈자는 자신이 될 게 뻔하다.

지금 자신의 휘하에는 마교 전투단 중 상위급에 들어가는 수라마참대와 천랑대가 있다. 이 정도 전력이라면 무림맹에 쳐들어가라는 명령을 받았다고 해도 기꺼이 따랐을 것이다. 그만큼 그들이 지닌 무공은 하늘을 뒤엎을 만한 것이었기 때문이다.

연경으로 이동하고 있는 묵향과 보조를 맞춰야 했기에 철영은 천천히 이동했다. 덕분에 그가 돌격선(突擊線)에 도착했을 때는 휴식을 취할 필요성마저 없을 정도로 모두들 팔팔한 상태였다.

마교도들의 경우 짙게 뿜어져 나오는 마기로 인해 공격 목표로부터 20리(약 6킬로미터) 안쪽으로는 접근할 수가 없었다. 상대에게 자신들의 정체를 노출시키지 않고 접근할 수 있는 한계가 20리였고, 거기가 바로 마교도들이 정의하는 돌격선이었다.

일단 돌격이 시작되면 그 후로는 상대를 제압하기 전까지는 쉴 틈이 없다. 그렇기에 돌격선에 도착하면 앞으로 행해질 혹독한 전투에 대비해 운기조식을 하며 충분한 휴식을 취하는 게 지금까지의 관례였다.

돌격선에 도착한 철영은 수하들에게 휴식을 취하도록 명령한 후, 장로들을 불러들여 자신이 세운 작전을 설명했다. 그는 나뭇가지를 주워 땅바닥 위에 목표 주변의 지형지물을 대략적으로 그리며 각 부대가 어떻게 움직여야 할지 지시를 내렸다.

"옥관패 장로, 자네는 최대한 적진 깊숙이 돌파해 들어가 적의 식량 저장고를 불태우되, 적의 저항이 심해서 상황이 여의치 않다고 판단되면 곧바로 후퇴하게. 구태여 피해를 감수하면서까지 식량 저장고를 노릴 이유는 없으니까."

"존명!"

"한중평 장로는 이 일대를 완전히 제압! 옥관패 장로가 행동하기 편하도록 뒤를 받쳐 주게."

지시를 받은 한중평 장로는 살기 어린 미소를 지으며 대답했다.

"존명!"

"장인걸이 파견해 놓은 고수들이 조금 있긴 하겠지만, 그 절대 다수는 무공을 모르는 장졸들이 될 걸세. 그런 만큼 놈들이 조직적인 저항을 할 엄두조차 나지 않도록 초전에 기선을 제압하기만 하면 손쉽게 임무를 완수할 수 있을 거라고 본좌는 생각하네."

철영의 당부에 옥관패 장로는 비릿한 미소를 지으며 맞장구를 쳤다.

"놈들에게 지옥이 뭔지 보여 주겠습니다, 부교주님."

"아예 싸울 의지조차 생기지 않도록 철저하게 짓밟아 놓겠습니다."

장로들의 다짐에 살짝 고개를 끄덕여 답한 후, 철영은 고개를 뒤로 돌려 수하들을 바라봤다. 그의 뒤편에는 수라마참대와 천랑대 대원들이 무시무시한 마기를 내뿜으며 상관의 돌격 명령을 기다리고 있었다.

철영은 자신을 바라보고 있는 장로들에게 살짝 고개를 끄덕이며 나직하게 명령했다.

"그럼, 이제 시작하지."

그 말이 끝남과 동시에 장로들은 각자 자신이 이끄는 대원들에게 외쳤다.

"돌격!"

"놈들에게 지옥이 뭔지 보여 줘라!"

명령이 떨어지자 마교 고수들은 저마다 괴성을 질러 대며 토성을 향해 돌진하기 시작했다. 여기서부터 시작해서 토성까지는 탁 트인 개활지였다. 적의 접근을 파악하기 용이하도록 나무들을 모두 베어 없애 버렸기 때문이다.

앞장서 달려가면서도 철영은 성 쪽에서 느껴지는 기척에 온 정신을 집중시켰다. 장인걸이 성내에 얼마나 많은 고수들을 파견해 놨는지 정확히 알 수 없다는 게 문제였다.

무영문에서 보내 준 정보에 따르면 3명의 절정고수와 1백여 명의 고수들이 있다고 했다. 성내까지 들어가서 확실하게 알아본 것은 아니었지만, 그들이 뿜어내는 마기를 읽은 것이었기에 거의 틀림없다고 봐도 무방했다.

문제는 그 정보가 며칠 전의 것이라는 데 있다. 장인걸이 이쪽의 움직임을 눈치 챘을 게 분명하다. 하지만 그가 투입한 증원부대가 벌써 와 있는지, 아니면 아직 여기에 도착하지 못했는지는 알 수 없었다.

만약 벌써 도착해서 만반의 준비를 하고 기다리고 있다면 쉽지 않은 싸움으로 연결될 가능성이 컸다.

그런데 이상하게도 성벽 쪽에서 느껴지는 마인의 기척은 그 수가 그리 많지 않았다. 약 50여 명 정도로 느껴졌는데 그중 절정고수는 단 한 명도 없었다.

"크흐훗, 아직 대비가 안 돼 있어. 행운이 함께하는군."

그 순간 철영의 머릿속에는 이번 작전을 성공적으로 이끌고, 더불어 적들의 가장 큰 약점이라고 할 수 있는 식량을 잿더미로 만듦으로 인해 최고의 전공을 세운 자신의 호탕한 모습이

스쳐 지나갔다. 그렇게만 된다면 자신은 마교의 2인자로서 확고한 지위를 보장받을 게 분명하다.
　이때 토성 위쪽에서 요란한 경종 소리가 울려 퍼지기 시작했다. 이제야 자신들의 접근을 눈치 챈 모양이다. 철영의 눈초리가 먹이를 눈앞에 둔 매처럼 표독스럽게 빛났다.
　"크흐훗, 지금 눈치 채 봤자 너무 늦었어."
　철영의 얼굴은 살기 어린 미소로 뒤덮였다. 이제부터 광란의 시간이 시작되는 것이다. 피와 공포로 가득 찬…….

　돌진해 들어오는 마교 고수들에게서 뿜어져 나오는 마기와 지독한 살기는 그 앞에 서 있는 자로 하여금 온몸이 얼어붙게 만들어 버릴 정도였다. 거기에다가 그들은 일반 병사들이 상상하기 힘들 정도로 무시무시한 속도로 달려오고 있었다. 마치 말(馬)이라도 되는 듯 뿌연 먼지까지 휘날리며…….
　하지만 성벽 위에서 그들을 노려보고 있는 병사들의 표정은 의외로 평온했다. 그건 장수들이 전의를 불태우며 그들을 격려하고 있었기 때문이다.
　"궁노병(弓弩兵)들은 명령이 떨어지기 전까지는 발사하지 말고 기다려라! 보다시피 놈들은 무공을 고도로 익힌 자들이다. 먼 거리에서 화살을 날려 봐야 효과가 전혀 없다. 최대한 가까이 끌어들여 일격에 몰살시키는 게 최선이다. 알겠느냐!"
　궁노병들의 뒤편에 서 있는 병사들은 장수들의 명령에 따라 각자 지닌 병장기들을 꽉 움켜쥐고 마음을 다잡았다. 하지만 아무리 장수들이 격려를 해 준다고 해도 병장기를 쥔 그들의 손이 미세하게 떨리고 있는 것만큼은 어떻게 해 주지 못했다. 그들도 대원수부에 소속된 무림인들을 통해 그들이 얼마나 공포스러운 존재들인지 잘 알고 있었기 때문이다.

목이 탄다. 적을 향해 활을 겨누고 있는 손이 긴장으로 인해 부들부들 떨리고 있었다. 침이라도 한 모금 삼켰으면 좋겠지만 입 안까지 바짝 말라 그마저도 불가능했다.

있지도 않은 침을 삼켜 대는 꿀떡거리는 소리가 북소리처럼 요란하게 들려올 정도로 주위는 긴장과 침묵으로 가득했다.

적은 무시무시한 속도로 거리를 좁혀 오는 중이다.

500장, 400장, 300장, 200장, 150장, 100장…….

'이거 너무 가까운 거 아냐?'

병사들의 눈에 공포가 어리기 시작할 무렵, 그들이 간절히 원하고 있던 명령이 드디어 떨어졌다.

"발사!"

슈슈슉!

그와 동시에 1만 발을 상회하는 어마어마한 양의 화살이 새까맣게 하늘을 뒤덮었다. 하지만 놀랍게도 그 화살에 맞고 쓰러진 적은 단 한 명도 없었다. 워낙 많은 화살이 날아갔고 또 그 화살들 중에는 상자노(床子弩)에서 발사된 엄청나게 크고 강한 것까지 포함되어 있었다.

달려오던 마교 고수들은 노련하게도 자신들에게 상해를 가할 만큼 강한 위력을 지닌 것들만 막아 냈을 뿐, 나머지 화살들은 그냥 놔뒀다. 자신들의 몸을 철갑처럼 보호해 주고 있는 호신강기(護身剛氣)를 믿은 것이다.

몸 전체에 화살 몇 개씩을 달고서 악귀처럼 달려드는 마교 고수들. 워낙 무시무시한 속도로 달려온 데다 거리마저 너무 가까웠기에 두 번째 화살을 쏠 여유조차 없었다. 더군다나 성벽마저도 병사들의 보호막이 되어 주지 못했다.

놀랍게도 그들은 사다리조차 사용하지 않고 수십 척이나 되는 성벽을 그대로 뛰어올랐다. 아니, 날아올랐다고 해야 정확한 표현일 것이다.

순식간에 성벽 위에 떨어져 내리며 악귀 같은 공격을 퍼붓는 마교 고수들. 예리하게 갈린 창과 칼, 도끼 따위로 무장한 병사들이 달려들었지만, 그들은 곧이어 피를 토하며 나뒹굴어야만 했다.

맨주먹으로 치는데도 방패와 갑주가 수수깡처럼 깨져 나가니 그들로서는 도저히 어떻게 해 볼 도리가 없는 것이다.

금군은 남양 남쪽에 자리 잡은 대령산에 방대한 양의 식량을 야적해 뒀다. 그런 다음 그 산을 빙 둘러 토성(土城)을 쌓아 적의 침입에 대비했다.

작년 가을만 해도 엄청난 양의 식량이 곳곳에 쌓여 있었지만, 겨울을 나면서 상당량 소모했기에 지금에 이르러서는 그 양이 반 이상 줄어들어 있었다. 하지만 그래도 그 양은 어마어마했다.

대령산의 꼭대기.

지금 이곳에는 수십 명에 달하는 인원이 모여 점점 열기를 더해가고 있는 공방전을 매서운 눈길로 분석하고 있었다. 한참을 지켜보던 장인걸은 인상을 찡그리며 편복대주에게 말했다.

"본좌가 아무리 살펴봐도 2개 전투단밖에 안되는 것 같은데?"

"……."

순간, 편복대주의 얼굴에서 핏기가 빠져나갔다. 토성을 공격하고 있는 적의 숫자는 대충 2천여 명. 그렇다면 가장 막강한 전력을 지닌 전투단이 여기에 없다는 말이 아닌가.

"천마혈검대급으로 이뤄졌다는 그 전투단이 이동할 만한 곳은 어디라고 생각하나?"

고개를 떨군 편복대주의 머릿속에서 빠르게 무림맹에서 빼내 온 정보가 스쳐 지나갔다. 황제의 암살! 마교는 어처구니없게도 살수가 아닌 전격적인 전투를 통해 황제를 죽이려 하는 것이다.

"여, 연경일 가능성이 크옵니다."

"연경이라……. 허, 완전히 허를 찔렸구나. 양동 작전이었다니."

"그래도 아직 승패가 판가름 난 것은 아니옵니다. 연경에는 구양운 장로께서 계시고, 요 근래 헛소문에 속아서 증원한 5백 여 명의 고수들까지 있지 않사옵니까? 당시에는 놈들에게 당했다고 생각했사온데, 지금 생각해 보니 그나마 다행이 아니올 런지요."

잠시 생각에 잠겼던 장인걸은 어쩔 수 없다는 듯 고개를 흔들며 입을 열었다.

"지금 당장 구양운 장로에게 전서구를 띄워라. 그쪽으로 적들이 가고 있다고 말이다. 적의 전력이 뛰어난 만큼 수단 방법을 가리지 말고 물리치라고 일러라."

"옛, 교주님."

편복대주의 지시를 받은 편복대원 중 한 명이 어딘가로 달려갔다. 아마도 지시받은 전서구를 연경으로 날리기 위해 간 것이리라.

장인걸은 성벽 위에서 펼쳐지고 있는 격전을 지긋이 바라보다, 무슨 생각이 떠올랐는지 탄식을 터뜨리며 중얼거렸다. 그의 어조에는 허탈감이 묻어 있었다.

"허, 거참. 웃기는 놈이로다. 본좌가 놈을 그렇게 안 봤거늘, 입으로만 인정에 끌리지 않는 척하고 있었단 말인가?"

"그, 그렇다면 황제 폐하가 목표가 아니라……."

"우리가 구금하고 있다는 만통음제가 목표지."

편복대주는 도저히 이해가 되지 않았다. 만통음제 한 사람을 구하기 위해 이런 무모한 작전을 펼치다니, 그것도 자칫하다 문파 태반의 전력이 박살 날지도 모르는 상황인데 말이다.

노하구에서 남양으로 이동하고도 시간이 꽤나 흘렀다. 그동안 여러 정보들이 추가로 입수되었고, 그것들을 떠올리며 만통음제라는 요소를 집어넣어 본 편복대주는 한 가지 결론을 내릴 수 있었다. 마교가 이번에 행하고 있는 무모하기 짝이 없는 이 작전은 순전히 묵향의 광기로 인해 비롯된 것이라는 걸 말이다. 그리고 그가 이렇게 이성을 상실하게 만든 이유는 딱 한 가지뿐이었다.

"속하도 미처 예상하지 못했던 일이옵니다. 설마 만통음제를 잡아 두고 있다는 헛소문 한마디에 이토록 이성을 상실해 버릴 줄이야……."

편복대주는 고개를 조아리며 장인걸에게 사죄했다.

"그자의 약점을 지금껏 파악하지 못하고 있었던 속하의 미흡함을 용서하여 주시옵소서."

장인걸은 허탈한 듯 고개를 저으며 중얼거렸다.

"자네를 용서하고 말고 할 것이 있겠는가? 예전에 본좌도 깜빡 속아 넘어가, 놈이 아끼는 양녀를 손아귀에 쥐고서도 써먹지 못했었는데……."

"예? 양녀라니요?"

그 말에 과거를 회상하는 듯 장인걸의 시선이 아련하게 바뀌었다.

"아, 자네는 아직 모르고 있었나? 놈에게는 양녀가 한 명 있지. 과거 그 계집을 붙잡아서 놈을 위협한 적이 있었네. 그때는 씨알도 안 먹힌다고 생각했었는데, 그게 다 놈의 연극이었을 줄이야."

순간, 편복대주의 머릿속을 스치는 기억이 있었다. 전번 전투에서 행해진 묵향의 이해할 수 없는 행동이었다.

"혹, 그녀가 있는 곳이 천지문이 아니오니까?"

편복대주를 정보대의 수장으로 임명한 것이 탁월한 선택이었다고 생각하며 장인걸은 흐뭇한 미소를 지었다.

"호…, 자네도 어느 정도는 눈치 채고 있었던 모양이군그래! 놈은 딸을 거기에 숨겨 두고 있었지. 아마 본좌 외에는 아무도 모르고 있는 사실일 거야. 그 딸 이름이 뭐였더라? 잘 기억나지는 않지만…, 천지문주의 적전제자였던 건 생각나는군."

"수하들에게 자세히 알아 보라고 지시해 두겠습니다, 교주님."

편복대주와 대화를 나누면서도 장인걸은 전장(戰場)에서 눈을 떼지 못했다. 그는 지금 적을 습격할 적절한 시점을 노리고 있었다.

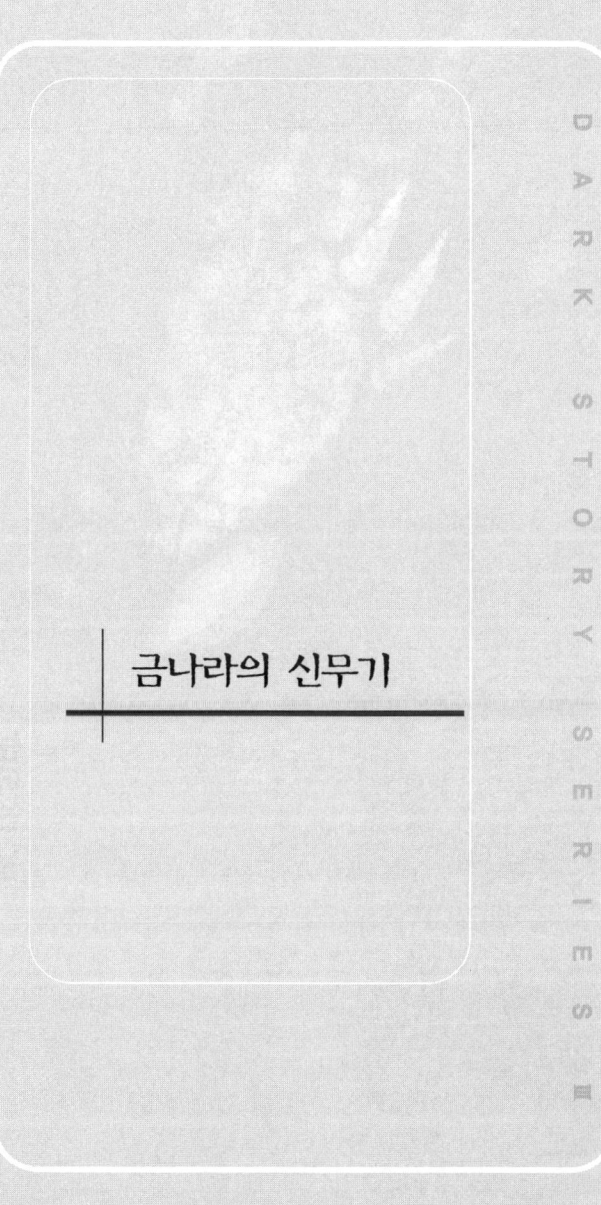

금나라의 신무기

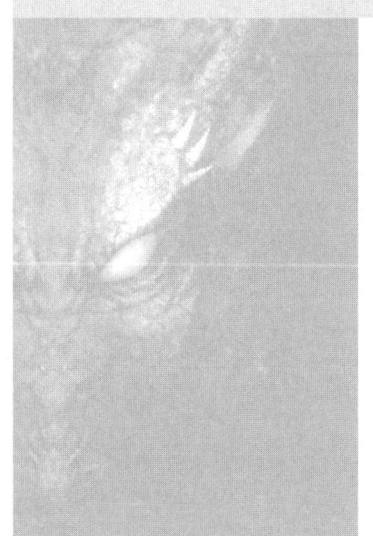

24

눈에는 눈

토성 곳곳에는 장인걸의 수하들이 매복하고 있었다. 물론 마공을 익힌 자의 특성상 매복 공격은 불가능하다. 하지만 그걸 가능하게 만들어 주는 무공이 무림에는 한 가지 존재했다.

그게 뭔가 하면 바로 살수들이 익히는 고난도의 무공 중 하나인 귀식대법(鬼息大法)이다. 장인걸은 마교 고수들이 지닌 가장 고질적인 문제점인 '마기'를 없앨 수 있는 돌파구로 귀식대법을 선택했던 것이다.

물론 마교 고수들이 귀식대법이란 무공을 몰라서 지금까지 안 배운 건 아니다. 마인들의 입장에서 보면, 마기라는 것은 곧 자신이 마인임을 나타내는 자랑스러운 증표였다.

그걸 한순간 없애자고 천하기 짝이 없는 살수 따위가 익히는 사술(邪術)을 익힌다는 건, 정통 마공을 익힌 그들에게 있어서 치욕스러운 일이라고 생각했다. 하지만 권좌에서 쫓겨난 장인걸에게 있어서 그 정도 치욕쯤이야 승리를 위해서라면 얼마든지 감내할 수 있는 일이었다.

과거 무림맹 장로인 맹호검군 백량이 금나라 황제의 목을 베겠답시고 쳐들어갔다가, 그곳에 매복하고 있던 천마혈검대에게 괴멸당한 적이 있었다. 백량 장로 같은 노회한 고수가 천마혈검대원들이 내뿜는 지독한 마기를 포착하지 못한 채 황궁 깊이 들어갔다가 전멸당한 것도 다 이놈의 귀식대법 때문이었던 것이다.

미친 듯 권장을 휘두르며 주변을 압도하고 있는 마교의 고수들. 그중에는 낯익은 얼굴들도 많이 보였다.

장인걸의 마음속에는 그리움과 후회, 그리고 증오심이 무럭무럭 피어올랐다. 바로 저놈들 때문에 자신이 마교에서 쫓겨났다. 저놈들만 자신을 믿고 따라 줬었다면, 아무리 묵향이 경천동지할 실력을 지닌 고수라 할지라도 감히 자신과 맞설 엄두도 내지 못했을 것이다.

돌진해 들어온 마교 고수들은 순식간에 성벽 위쪽을 제압했다. 2개 전투단씩이나 되는 무시무시한 전력이 무공이라고는 아무것도 모르는 장졸들을 향해 손을 썼으니, 일방적인 학살이 전개되었다고 봐도 무방했다. 그들은 곧장 성 안쪽으로 뛰어내리며 급속도로 전장을 넓혀 나갔다.

이때 장인걸의 눈에 마교도들 중 한 무리가 산 위를 향해 달려오는 것이 보였다. 그들이 움직이자 그들을 막고자 달려들었던 금군 장졸들이 피보라를 일으키며 짚단처럼 쓰러져 갔다.

이렇듯 무시무시한 공격력을 자랑하고 있는 수라마참대의 선두에는 옥관패 장로가 권장을 휘두르며 절정에 달한 신위를 과시하고 있었다.

 장인걸은 무심결에 이빨을 뿌드득 갈았다. 자신이 교주직에 취임하기 직전, 교외의 모든 지부들을 통째로 이끌고 묵향에게 투항한 놈이 당시 외총관직을 맡고 있던 바로 저 옥관패 장로였기 때문이다.

 장인걸은 뒤에 시립하고 서 있는 왕걸 대장에게 증오 어린 어조로 명령했다.

"작전을 시작해라."

"존명!"

 왕걸 대장은 입술을 오므린 뒤 단전 깊숙한 곳에서 극강한 기운을 끌어올려 급격히 밖으로 토해 냈다.

"삐이이이익!"

 날카롭기 그지없는 휘파람 소리에는 무시무시한 내공이 담겨 있어 듣는 이로 하여금 간담을 서늘하게 만들었다. 그리고 그에 화답하듯 여기저기에서 동시 다발적으로 폭발적인 마기가 뿜어져 나왔다.

 지금껏 귀식대법으로 죽은 듯 기척을 숨기고 있던 고수들이 신호에 맞춰 귀식대법을 풀고 내공을 끌어올리기 시작했던 것이다.

 치열한 전투가 전개되고 있는 성벽 주위로 사방팔방에 넘쳐 나고 있는 게 마교 고수들이었기에, 여기저기에서 더욱 많은 마기들이 더해졌음에도 불구하고 별다른 변화를 알아채기는 힘들었다.

하지만 장인걸이 펼친 덫에 빠져 버린 마교의 고수들은 뭔가 주위의 기세가 갑자기 변했음을 느끼고 당혹감을 감추지 못했다.

설명은 길었지만 장소성(長嘯聲)이 울려 퍼지고, 장인걸이 매복시킨 고수들이 튀어나온 건 거의 동시라고 봐도 무방할 정도로 신속했다.

곧이어 사방에서 피 튀기는 대접전이 벌어졌다. 허를 찔린 마교 쪽이 아무래도 불리했다. 생각지도 못했던 반격에 심리적으로 위축되어 제 실력을 충분히 발휘하지 못하고 있었기 때문이다.

그리고 또 한 가지. 이번 공방전에 장인걸이 겨우내 준비해 둔 비장의 신무기를 동원했다는 점이 커다란 변수로 작용했다. 그것은 바로 무림인들이 그 존재를 거의 모르고 있었던 화약을 이용한 신무기였다.

원래 화약은 송제국에서 연구하고 있던 비밀 무기들 중 하나였다. 그러던 것이 금나라가 개봉을 함락하면서 생산 시설은 물론이고 그 기술자들까지 몽땅 다 포획해 버렸다.

당시 송이 제작하고 있었던 화포는 길쭉한 대나무 통을 이용한 아주 원시적인 형태였다. 속이 빈 죽통(竹桶) 안에 화약을 다져 넣고, 창이라든지 철환 따위를 장전한 다음 심지에 불을 붙여 발사하는 방식이었다.

발사할 때 나는 소리는 고막을 울릴 정도로 어마어마했지만 쇠뇌나 투석기 등에 비해 위력이 그리 대단할 것도 없었다. 더군다나 간혹 죽통이 통째로 폭발하기도 했기에, 오히려 사용자에게 위험을 안겨 주기까지 하는 무기였다.

그리고 무엇보다 화약이라는 게 물기에 젖어 버리면 무용지물에 가까웠다. 전쟁이 꼭 맑은 날에만 벌어진다는 보장이 없었기에, 비 오는 날에는 쓸 수가 없다는 것이 대단히 치명적인 단점으로 인식되었다.

그런 많은 단점들로 인해 그때까지도 군에 보급되지 못한 채 연구만 하고 있었던 것이다. 하지만 그걸 입수한 편복대주의 생각은 달랐다.

그는 화약 무기가 지닌 최대의 장점을 꿰뚫어봤다. 즉, 휴대하기 신편할 빈큼 소형으로 제작될 수 있다는 전에 주목했던 것이다. 그는 이 화약 무기를 적군과의 싸움에 사용할 생각은 전혀 없었다. 구태여 이런 무기가 없어도 송나라 병사들 쯤이야 하루아침 해장거리도 안 됐으니까.

편복대주는 이걸 고수들 간의 대결에 사용할 생각이었다.

과거 사천당문에서 제작한 검이 그 사악한 위력으로 인해 무림을 떨게 만든 일이 있었다. 그 검이 가진 강점은 사실 따지고 보면 별거 아니었다.

사용자가 원할 때 용수철의 기작에 의해 칼날의 길이를 1촌 더 길게 만들 수 있다는 것뿐이었으니까. 하지만 그 1촌이 고수들 간의 대결에서 승패를 결정지었다.

 상대는 피한다고 피했는데 갑자기 길어진 적의 검을 피할 수가 없었던 것이다. 그리고 그건 절정으로 올라갈수록 더욱 심했다. 왜냐하면 고수일수록 그 움직임이 대단히 효율적이기에 적의 공격을 피할 수 있을 정도만 이동하기 때문이다. 그리고 그 순간 그의 목숨은 사라지는 것이다.

 하지만 여기에도 결정적인 단점은 있었다. 상대가 이쪽이 그런 기형 병기를 사용한다는 걸 안다면 절대로 걸려들 리가 없다.

 그러나 방금 전에 말한 것처럼 칼날이 조금 길어지는 정도가 아니라, 아예 칼날이 발사된다면 어떻게 되겠는가? 날아갈지, 아니면 그대로 붙어 있을지 모르는 칼날을 앞에 두고는 절대로 싸울 수가 없다.

 즉, 이건 특급고수들 간의 대결에서도 써먹을 수 있을 정도로 치명적인 무기가 될 수 있는 것이다.

 그렇게 해서 개발된 것이 바로 발화창(發火槍)이다. 고수들을 상대해야 하는 만큼 파괴력을 더욱 증대하기 위해 대나무 대신 청동(青銅)을 사용했다.

 화포의 크기는 겨우 한 뼘 남짓한 길이밖에 안 됐지만, 대나무 통에 비해 월등한 파괴력을 얻어낼 수 있었다. 그 청동 화포를 6척 남짓한 길이의 나무막대의 양쪽 끝단에 부착한 게 바로 발화창의 본모습이었다.

포구에다가 포탄을 넣는 대신 짧은 창을 박아 넣어 놨기에, 겉보기에는 양쪽에 날이 달린 창처럼 보였다. 이게 화포라는 걸 적이 눈치 채면 곤란하기에 수작을 부려 놓은 것이다.

평상시에는 창처럼 사용하다가 심지에 불을 붙이면 화포에 장전해 놓은 짤막한 창이 굉음과 함께 쏜살같이 날아가 상대방을 살상했다.

장소성과 동시에 장인걸은 튀듯이 밑으로 달려 내려갔다. 그리고 그와 같이 서 있던 천마혈검대원들 또한 천마혈검을 등에 멘 채 발화창을 휘두르며 장인걸의 뒤를 따랐다.

장인걸의 목표는 병사들을 상대로 무자비한 살상을 벌이고 있는 옥관패 장로! 씹어 죽여도 시원치 않을 반역도였다.

오랜만에 피에 흠뻑 취해 있던 옥관패 장로는 장소성과 함께 언덕 위에서 달려 내려오는 장인걸을 보며 뭔가에 머리통을 얻어맞은 듯 극심한 충격을 받았다. 그가 여기에 있을 거라고는 생각도 못했던 것이다.

"장인걸 교… 주?"

"본좌의 밑으로 돌아오겠느냐? 아니면 반역도의 개로 죽겠느냐?"

뜻하지 않은 장인걸의 제안에 옥관패 장로는 흠칫했다. 물론 장인걸은 그에게 이런 제안을 할 수 있는 위치에 있었다. 그도 마교도였고 그만한 자격이 있었으니까.

하지만 옥관패 장로는 장인걸의 제안을 받아들일 생각이 전혀 없었다. 설혹 이 자리에서 죽임을 당한다 하더라도 그의 주군은 오직 묵향뿐이었으니까.

옥관패 장로의 눈을 노려보던 장인걸은 자신의 제안을 받아들일 생각이 없다는 것을 확인하자마자 양손에 내공을 극도로 끌어올리며 외쳤다.

"반역도에게 주어지는 것은 오직 죽음뿐!"

옥관패 장로는 순순히 목을 내놓기 싫었기에 급히 자신의 모든 내공을 끌어올려 양손에 담아 휘둘렀다. 일순 장인걸과 옥관패 장로의 장력이 허공에서 맞부딪치며 어마어마한 굉음을 일으켰다.

쿠콰콰쾅!

진정한 남양 대전투의 서막이 오른 것이다.

* * *

마교와 금나라 대원수 장인걸의 대결. 그 둘의 대결은 결코 쉬운 게 아니었다. 둘의 뿌리가 같은 만큼 서로가 서로를 너무나도 잘 알고 있었기 때문이다. 장인걸의 뒤통수를 치겠답시고 혈랑대를 이동시킨 묵향의 의도를 장인걸은 너무나도 빨리 눈치 채 버렸다.

문제는 남양으로 침공해 들어온 마교도들이 무시하기 힘들 정도의 전투력을 지니고 있었기에 연경으로 지원군을 급파하기도 난감하다는 데 있었다. 웬만한 실력을 지닌 자들을 보내봐야 혈랑대의 이동 속도를 뒤따라 잡는다는 건 불가능할 게 뻔하니까.

그렇게 되어 연경 방어는 전적으로 구양운 장로의 손아귀에 맡겨졌다.

"편복대주로부터 급보가 도착했습니다."

특1급 전력을 보유한 마교 무사 1백여 명이 전속력으로 북상 중인데, 그들의 목표가 연경이 될 가능성이 농후하다는 내용이었다. 그런데 문제는 지금 남양에서 대규모 전투가 벌어지고 있기에 그쪽으로 구원군을 보낼 수 없으니 수단과 방법을 가리지 말고 적을 물리치라는 내용이었다.

상단에 앉아 있던 구양운 장로는 살기 어린 미소를 지었다.

"내게 전권(全權)을 준다는 말인가? 크흐흐…, 오랜만에 피가 끓는군."

호기로운 구양운 장로와는 달리 대장들 중 한 명이 근심스러운 어조로 입을 열었다.

"특1급이라면 우리들과 맞먹는 고수들로 이뤄졌다는 말이 아닙니까? 더군다나 거기에 묵향 부교주까지 함께라면……."

그 말에 다른 대장들까지도 저도 모르게 부르르 몸을 떨었다. 아무리 절정의 경지에 다다른 그들이라고 해도 묵향을 향한 본능적인 공포심만은 어쩔 수 없었던 것이다. 그만큼 묵향은 가공스러운 고수였으니까.

"그가 연경을 치려는 목적이 뭔지는 알 수 없지만 일단 황제 폐하부터 피신시키는 게 급선무가 아니겠습니까? 그분의 신상에 문제가 있다면 교주님으로부터 크나큰 문책을 당할 수도 있습니다."

"흠, 교활하기 짝이 없는 부교주가 그런 걸 예상하지 못했을까?"

묵향의 뒤통수치기에 완벽하게 걸려들어 총단에서 쫓겨난 기억을 가지고 있는 구양운 장로다.

이번 침공 작전이 묵향의 치밀한 계획 하에 시행된 것이라면, 벌써 연경 일대에 묵향의 첩자들이 쫙 깔려 있을 건 당연한 수순이었다. 이쪽에 편복대가 있다면 묵향의 휘하에도 그와 같은 첩자 부대가 있을 테니까.

지금까지 침중한 표정으로 듣고 있던 제1대장이 입을 열었다.

"황제 폐하를 탈출시키기 위해 전력을 분산시킨다는 건 자살 행위라고 생각합니다."

안 그래도 적들에 비해 전력이 떨어지는 판에 병력을 분산시킨다는 건 계란으로 바위를 치는 결과를 낳게 될 게 뻔하다. 하지만 어찌 되었든 황제는 반드시 보호해야만 한다.

잠시 이리저리 머리를 굴려보던 구양운 장로는 마땅한 방법이 떠오르지 않자 한숨을 내쉬며 입을 열었다.

"좋은 생각을 가지고 있는 사람이 있으면 기탄없이 말해 보게."

그러자 평소 구양운 장로의 지낭이라고 불리는 제3대장이 의견을 제시했다.

"황궁 밖 민가들이 있는 곳 어딘가를 택해서 그곳에 모시는 건 어떻겠습니까?"

"자네 미쳤나? 아무리 귀식대법을 쓴다고 해도 묵향 부교주라면 충분히 알아챌 수도 있다는 걸 모르나?"

모두들 의아하게 생각했지만 제3대장의 생각은 달랐다. 그는 아무것도 아니라는 듯 대꾸했다.

"황제 폐하의 호위에 무공을 익힌 자를 단 한 명도 포함시키지 않으면 됩니다."

"뭐?"

"근위병들 중에서 칼을 좀 쓸 줄 아는 놈들을 골라 1백 명쯤 붙여 놓는 겁니다. 무공도 익히지 않은 자들을 백성들 틈에서 어떻게 찾아내겠습니까? 부교주의 무공이 설사 하늘에 닿았다고 해도 절대로 그들의 존재를 파악해 낼 수 없을 거라고 저는 자신합니다. 더불어서 황제 폐하에게도 그들과 똑같은 옷을 입게 하는 겁니다. 그렇게 해 놓으면 아마 대주님이라고 해도 찾지 못할 겁니다."

충분히 일리가 있는 계책이었다. 구양운 장로는 고개를 끄덕이며 곧바로 지시를 내렸다.

"흠, 그거 좋은 생각이로군. 근위병이 1백 명씩이나 되면 어쭙잖은 놈들이 시비를 걸 리도 없을 테고 말이야. 즉시 근위대장에게 일러 그렇게 시행하라고 전해라!"

"존명! 그렇게 전하겠습니다, 대주."

황제의 안전이 어느 정도 해결된 듯하자 이제는 자신들의 문제가 남았다. 대장들 중 한 명이 조심스러운 어조로 물었다.

"황제 폐하를 숨긴다면…, 정말 그들과 싸우실 생각이십니까?"

구양운 장로는 음침한 미소를 지으며 대꾸했다.

"못 싸울 것도 없지."

"지금 여기 있는 대원은 정원의 3분의 1밖에 안 됩니다."

과거 묵향과 만통음제와의 전투에서 열일곱 명이나 되는 대원을 잃어야만 했던 장인걸은 따로 그만한 절정고수들을 보충할 곳이 없었다.

이번 전투에 그는 연경에 있던 천마혈검대 5개 대 중에서 1개 대를 노하구로 이동시켰다. 그래서 지금 연경에 남아 있는 건 구양운 장로를 포함해도 특급고수의 숫자는 겨우 33명뿐이었다.

"언제는 우리가 숫자로 싸웠었나?"

구양운 장로의 등에 메여 있던 네 자루의 4척 장검들 중 가장 오른편에 있던 게 마치 살아 있기라도 한 듯 저절로 스르릉 뽑혀 나오더니 그의 손아귀를 향해 날아왔다. 구양운 장로는 그 검을 대장들을 향해 뻗으며 말을 이었다.

"이 검으로 요나라 황제의 목을 벴다. 완전무장하고 있던 3만 근위병들을 뚫고 들어가서 말이야. 그날의 처절한 살육전을 자네들은 벌써 잊었단 말인가?"

"물론 기억하고 있습니다, 대주. 하지만 요나라 잡졸들과 마교의 정예를 비교한다는 것은 무리가 있지 않습니까?"

"결국은 똑같은 거야. 약점만 제대로 파고든다면 한순간에 전멸시키는 것도 문제는 아니지."

구양운 장로는 제1대장에게로 시선을 돌리며 명령했다.

"모든 병사들에게 제령단(制靈丹)를 배포하라고 근위대장에게 전해라."

"제령단을 말씀이십니까? 몇몇 실험에서 밝혀졌듯 그건 너무 위험한……."

제령단은 과거 혈교가 썼던 지독하기 그지없는 약물이다. 강력한 마약 성분을 내포한 제령단을 먹으면 공포심이 없어지며, 배고픔과 피로를 잊어버린다. 일반 백성들을 동원해서 전쟁터에 써먹기 딱 좋은 약인 것이다.

그런데 그게 왜 그렇게 지독한 약물인가 하면, 그 후 찾아오는 지독한 부작용과 후유증 때문이었다.

구양운 장로는 냉정한 어조로 대꾸했다.

"상관없다. 병사들이 공포심에 사로잡혀 우왕좌왕하면 도저히 싸울 수가 없다. 놈들은 마교의 최정예. 다소의 피해쯤은 두

금나라의 신무기

려워하지 않고 끝까지 물고 늘어져야만 이길 수 있다."
 그 말에 제1대장은 어쩔 수 없다는 듯 대답을 하였다.
 "알겠습니다."
 "단, 후유증이 심각한 만큼 각 장수들에게 지시해서 제령단을 섭취할 필요가 있다고 판단될 때 먹이라고 해라. 알겠나?"
 "존명!"
 구양운 장로는 대장들을 향해 자신만만하게 외쳤다.
 "이날을 위해서 막대한 시간과 돈을 들여 환혹파멸진(幻惑破滅陣)을 구축해 놓지 않았더냐? 놈들을 그쪽으로 유인해라. 진세에 빠진 놈들에게 화살 세례를 퍼부으면 손쉽게 제압할 수 있겠지. 모두들 화살을 넉넉하게 준비하라고 일러라."
 대장들은 일제히 자리에서 일어나 포권하며 외쳤다.
 "존명!"

지옥을 보여 주마

DARK STORY SERIES Ⅲ

24

눈에는 눈

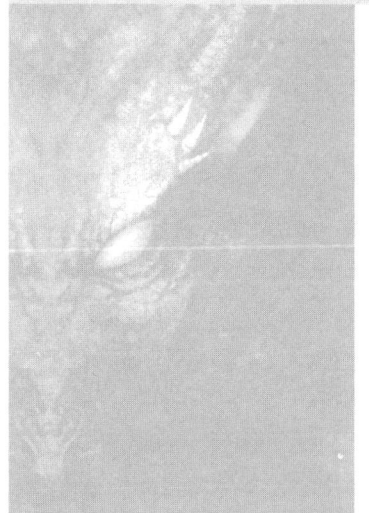

작전대로 철영이 거느린 2개 전투단이 장인걸과의 접전에 들어갔을 때, 묵향은 혈랑대를 거느리고 최대한 빠른 속도로 북상하기 시작했다.

가장 뛰어난 고수들로만 구성된 혈랑대가 함께하는 만큼, 이동 속도는 그야말로 전광석화가 무색할 지경이었다. 하지만 종적을 발견할 수 없도록 사람이 거의 다니지 않는 악지형만 골라서 이동하고 있었기에 이동 속도가 생각만큼 그렇게 빠른 건 아니었다.

돌덩이처럼 딱딱하게 굳은 육포를 씹고 있는 묵향에게 동방뇌무 장로가 다가와 보고했다.

신장이 5척 6촌밖에 안 되는 그였지만, 워낙 바짝 마른 몸매를 유지하고 있었기에 실제보다 좀 더 커 보였다. 아니, 그의 키가 커 보이는 것은 몸매 때문만이 아니라, 툭 튀어나온 광대뼈와 길게 째진 날카로운 눈매 때문에 만들어지는 무서운 인상 때문인지도 몰랐다.

무시무시한 외모와는 대조적으로 동방뇌무 장로는 묵향의

눈치를 살피며 머뭇머뭇 다가왔다. 마교의 전설적 고수인 묵향과의 동행이 내심 편하지만은 않았기 때문이다.

 더군다나 지금처럼 교주가 딱딱한 육포 쪼가리나 씹어 먹고 있는 상황에서는 더더욱.

 "내일 점심나절쯤에는 돌격선에 도착할 수 있을 듯합니다, 교주님."

 묵향은 씹고 있던 육포를 삼킨 후 입을 열었다.

 "모두들 충분히 휴식을 취하라고 해라. 오늘도 경계는 본좌가 서겠다."

 순간 동방뇌무 장로의 안색이 더욱 창백해졌다.

 "지금까지 경계를 모두 교주님께서 서지 않으셨습니까? 교주님께서도 휴식을 취하셔야……."

 "본좌는 이 정도에 운기조식까지 취해야 할 필요가 없다. 하지만 자네들은 다르지 않은가. 모두들 내일 전투에서 지닌 바 실력을 전부 발휘하려면 충분히 휴식을 취해 둬야지."

 "그, 그래도……."

 쭈뼛쭈뼛하면서도 동방뇌무 장로가 그대로 서 있자 묵향은 슬그머니 짜증이 일었다. 그렇지만 자신을 생각해 저러는 것인데 화를 낼 수도 없지 않은가.

 "자네는 본좌가 경계를 서는 걸 못 믿겠다는 것인가?"

 "그, 그건 아닙니다, 교주님. 너무 송구스러워서……."

 "송구스러워할 필요 없네. 본좌에게는 이 정도는 아무것도 아니니까. 수하들을 위해서 경계쯤 서 주는 게 뭐 그리 대단하다고 이러는 겐가?"

사실 교 밖에만 나오면 거의 잠을 안 자는 묵향이었다. 안 그래도 가만히 앉아 있기만 해도 주변의 모든 게 느껴지는 판에 따로 보초를 세워 둘 필요가 없지 않겠는가.

하지만 그걸 받아들이는 동방뇌무 장로의 입장은 달랐다. 존귀한 천마신교의 교주가 자신들을 위해 피곤을 무릅쓰고, 직접 경계를 서겠다는 의미로 다가왔으니까.

동방뇌무 장로는 감격에 겨워 몸을 부르르 떨며 교주를 위해 충성을 다하겠다고 내심 다짐했다.

"자네도 가서 좀 쉬도록 하게."

재차 묵향이 이렇게 말하니 동방뇌무 장로는 더 이상 고집을 부릴 수 없었다.

"존명!"

다음 날 새벽부터 또다시 강행군이 이어졌다. 혈랑대가 연경 외곽에 도착한 것은 동방뇌무 장로의 추측대로 점심나절쯤이었다.

"이대로 곧장 돌격하라고 명령할까요?"

묵향은 하늘을 한번 힐끗 본 후, 시선을 지평선 저 먼 곳에 희미한 그림자를 만들고 있는 연경의 성곽 위로 향했다. 워낙 멀리 떨어져 있었기에 동방뇌무 장로의 눈에는 기다란 성벽

만이 보였지만, 묵향에게는 성벽 위 병사들의 얼굴까지 자세히 보였다. 나른한 듯한 표정으로 하품까지 하면서 옆에 서 있는 병사와 잡담을 나누고 있다.

묵향은 자신들의 움직임을 아직까지 장인걸 쪽에서 포착하지 못했다고 판단했다. 그렇지 않다면 병사들의 경계 태세가 저렇게 느슨할 리 없으니까. 잠시 궁리하던 묵향은 자신의 명령만을 기다리며 대기하고 있는 동방뇌무 장로에게 고개를 돌리며 입을 열었다.

"야습을 하는 게 훨씬 효과적이지 않을까?"

의견을 물은 것이었지만 동방뇌무 장로는 그걸 묵향의 명령으로 받아들였다.

"옛, 그렇게 준비하도록 하겠습니다."

적회색 땅거미가 음산하게 사위를 물들일 무렵, 작전토의가 시작됐다. 동방뇌무 장로는 나뭇가지를 하나 주워 들고 땅바닥에 대충 지도를 그리며 수하들에게 설명했다. 주위가 점차 어두워지고 있었지만, 모두들 고수가 아닌 자가 없었기에 그 누구도 불편을 느끼지 않았다.

동방뇌무 장로는 한켠에 앉아 자신의 작전을 듣고 있는 묵향을 향해 긴장된 시선을 간혹 날렸다. 자신의 작전이 교주의 마음에 들었는지 내심 걸렸기 때문이다.

동방뇌무 장로가 세운 작전은 아주 단순했다. 먼저 혈랑대를 공격조와 수색조 두 개로 나눠, 공격조는 자신이 지휘하고 수색조는 제1대장이 지휘한다. 공격조가 천마혈검대를 중심으로 하는 적의 수비진을 제압하는 동안, 수색조는 전력을 다해 황제를 찾는다는 게 작전의 핵심이었다.

황제는 황궁 내에서도 가장 중심부에 있을 것이고, 수많은 병력들이 첩첩히 포진해서 지키고 있을 게 뻔했다. 바로 그 점을 역이용하면 손쉽게 황제를 찾아낼 수 있을 거라는 게 동방뇌무 장로의 생각이었다.

"시간을 끌어 봐야 좋을 건 없다. 성내에는 수만에 달하는 수비군이 주둔하고 있음을 명심해라."

마지막을 훈시로 장식한 후 수하들을 둘러보며 자신 있게 말했다.

"자, 의문섬이 있으면 질문하도록!"

그러자 제1대장이 고개를 갸웃거리며 입을 열었다.

"그런데 황제를 어떻게 찾아내죠? 만약 그놈이 병사들 사이에 섞인다면 알아볼 방법이 없지 않습니까?"

동방뇌무 장로는 그런 질문이 나올지 알았다는 듯 자신 있게 미소 지으며 품속에서 종이를 한 묶음 꺼내 들었다. 종이에는 초상화와 함께 뭔가 글씨들이 빼곡히 기록되어 있었다.

"내 이럴 줄 알고 놈의 용모파기를 준비해 왔지. 자, 모두들 한 장씩 받으라구."

황제의 얼굴은 의외로 평범하기 그지없었다. 그런데 문제는 천연색 물감으로 초상화를 그려 놔도 알아볼까 말까한 판국에, 먹물로 그려 놨으니 도무지 알아볼 방법이 없다는 데 있었다.

 황제가 쓰고 있는 화려한 모양의 관(冠)만 아니라면, 여기 모여 있는 혈랑대원들 중 비슷한 얼굴이 몇 명은 있을 정도로 평범한 얼굴이었던 것이다.

 초상화를 펼쳐 본 대원들은 떨떠름한 표정으로 서로를 바라봤다.

 "아니, 이걸 가지고 어떻게 찾으라구……."
 "까라면 까야지 별수 있나?"

 그러면서 옆에 있는 동료와 초상화를 번갈아 바라보더니 고개를 갸웃했다.

 "자네 언제 금나라 황제 노릇 했었나? 그러고 보니 초상화와 비슷하게 생겼구먼."

 웅성거리는 대원들의 모습을 보며, 묵향으로 인한 긴장감에 딱딱하게 굳어 있던 동방뇌무 장로의 얼굴이 시뻘겋게 달아오르기 시작했다.

 '이 새끼들! 그러면 그런 줄 알 것이지, 교주님 앞에서 이런 개망신을 안겨 주다니. 나중에 두고 보자!'

 동방뇌무 장로는 재빨리 교주의 안색을 한 번 더 살핀 후, 수하들을 향해 외쳤다.

 "황제란 놈은 분명 온몸에 금은보화를 주렁주렁 매달고 있을 게 분명하다. 그러니 용모파기를 참·조·하·여 놈을 찾는다면 쉽게 잡을 수 있을 거라 생각한다. 알겠나!"
 동방뇌무 장로의 험악한 인상에 장난기 어린 대화를 주고받던 혈랑대원들은 모두 긴장 어린 어조로 외쳤다.
 "존명!"
 복명음이 터져 나오자 동방뇌무 장로는 내심 안도하며 말을 이었다.
 "황제는 황궁 가장 중심지에, 그것도 수많은 호위병들에 의해 호위되고 있을 거다. 혹시 모르니 수비진을 돌파한 후 옷차림이 근사한 놈들은 몽땅 다 제압해라!"
 "존명!"

 달빛조차 구름에 가려 사위가 온통 시커먼 암흑에 잠겨들었을 때 묵향의 공격 명령이 떨어졌다. 모두들 시커먼 야행복으로 온몸을 감싼 채, 엄청난 속도로 밤하늘을 가르며 성을 향해 돌진했다.
 혈랑대원들은 하나같이 마교가 자랑하는 최정상급 고수들인 만큼 어둠 속에 녹아들자 그들의 움직임을 발견해 낸다는 것은 너무나도 힘들었다. 그리고 그들의 몸에서 뿜어지고 있는 무시무시한 마기는 이들의 모습을 발견하지 못한 적으로 하여금 무한한 공포감을 느끼게 만들고 있었다.
 이때 내성(內城) 안쪽 깊숙한 곳에서 엄청난 마기들이 느껴졌다. 황제를 지키기 위해 남아 있는 천마혈검대원들임에 분명했다. 마기를 느끼자마자 앞서 달려가고 있던 동방뇌무 장로는 등에 메고 있던 4척 3촌이나 되는 긴 기형검을 뽑아 들며 외쳤다.

"저쪽이다!"

공격조로 선택된 5개 대가 동방뇌무 장로의 뒤를 좇아 몸을 날렸다. 그리고 그들보다 조금 뒤쳐져서 수색조 5개 대가 묵향과 함께 뒤를 따랐다. 천마혈검대가 있는 곳에 황제가 있을 게 뻔했기에, 형식상 두 개 조로 나눴을 뿐이지 그들의 움직임은 함께였다.

금나라 수비군 수천 명이 미지의 공포감에 당황하여 허둥대고 있는 게 먼발치로 보였다. 동방뇌무 장로는 가소롭다는 듯 그들을 힐끗 바라본 후 시선을 정면으로 돌렸다. 자신들의 적은 저 앞에 있는 장인걸이 키운 고수들이었으니까.

그런데 바로 그 순간 이변이 벌어졌다.

"끄아아아악!"

"끼에에에엑!"

자신의 뒤를 바짝 뒤따라오던 수하들이 모두 다 어디로 사라져 버렸는지 단 한 명도 보이지 않았다. 그 대신 꿈에 볼까 두려운 끔찍한 형상의 괴물들만이 사방에서 튀어나와 요란한 괴성을 흘리고 있다.

"헉! 모, 모두들 어디로 간 것이냐?"

동방뇌무 장로는 기겁하지 않을 수 없었다. 하지만 그는 곧바로 왜 이런 일이 벌어진 것인지 눈치 챘다. 오랜 관록이 거저 얻어진 게 아닌 것이다. 그는 이빨을 뿌드득 갈며 외쳤다.

"빌어먹을! 진법에 빠졌구나."

이때 뒤에서 무시무시한 기운이 느껴졌다. 그걸 느낌과 동시에 동방뇌무 장로는 번개처럼 신형을 돌리며 검으로 막았다. 그의 손에는 뭔가와 격돌한 듯 강렬한 반탄력이 느껴졌지만, 이럴 때 들려와야 할 그 어떤 격타음도 들려오지 않았다.

다만 들려오는 것이라고는 오직 기괴한 괴물의 울음소리뿐이다. 그리고 그의 눈에 보이는 것도 주위를 어슬렁거리는 괴물들의 모습뿐이다.

동방뇌무 장로는 자신의 손을 힐끔 쳐다봤다. 방금 전에 손을 통해 느껴진 반응은 절대로 거짓이 아니었다. 뭔가가 자신의 검과 충돌했음이 틀림없었다.

"눈도, 귀도 믿지 못한다는 건가? 이런 지독한 진법이 있을 줄이야……."

혈랑대를 함정에 빠뜨리는 건 너무나도 간단했다.

혈랑대와 천마혈검대 양쪽 다 마공을 극한까지 익힌 고수들로 구성되어 있기에 서로 간의 위치는 10리 밖에서도 쉽게 포착할 수 있다.

그러다 보니 함정을 가운데 놓고 상대가 달려오는 그 반대편 쪽에 서서 전투태세를 갖추고 있기만 하면 상대는 마치 불을 본 불나방처럼 알아서 함정에 빠져 주게 되는 것이다.

혈랑대의 첫 번째 목표는 천마혈검대였다. 그들이 주둔하고 있는 곳을 향해 전속력으로 돌진해 들어가 다른 세력들이 끼어들기 전에 제압하는 게 최우선적인 목표였다. 그리고 바로 그 점 때문에 혈랑대는 어처구니없을 정도로 쉽게 함정에 빠질 수밖에 없었던 것이다.

혈랑대원들이 전각 앞의 넓은 광장 중앙을 막 통과할 무렵 구양운 장로의 차가운 목소리가 사방으로 울려 퍼졌다.

"발동시켜!"

그와 동시에 혈랑대원들의 눈에 비친 주위 경관이 순식간에 바뀌었다. 방금 전까지 바로 코앞에 황제가 거주함직한 거대한 전각이 있었는데, 어느 순간 끝도 없이 펼쳐진 광활한 평원 위를 달리고 있는 자신을 발견한 것이다. 더군다나 동료들은 단 한 명도 보이지 않고, 생전 듣도 보도 못 한 무시무시하게 생긴 괴물들만 보였다.

이런 경우는 단 한 가지뿐이다. 진세에 빠졌을 때! 그것도 아주 지독한 환영을 보여 주는 진세에 빠졌을 때뿐인 것이다.

그걸 느낌과 동시에 혈랑대 각자는 반사적으로 진세를 벗어나기 위한 움직임에 들어갔다. 일부 대원들은 전속력으로 앞으로 치달렸다. 일직선으로 달리다 보면 진세를 빠져나갈 수 있을지도 모른다는 기대감에서다.

그리고 어떤 대원들은 전력을 다해 위로 솟구쳐 보기도 했다. 하지만 하늘 위로 까마득히 솟구쳤음에도 불구하고 괴물들이 득시글거리는 평원의 모습밖에 보이는 게 없었다.

'이런 제장! 도대체 진세가 얼마나 큰 거야?'

혈랑대원들은 그렇게 생각했는지 모르지만 사실 진세는 그리 크지 않았다. 다만 자신들도 모르게 광장 안을 빙글빙글 돌고 있을 뿐이었으니까. 그리고 위로 솟구친 대원들도 진세가 지니는 지독한 견인력 때문에 자신은 높이 날아올랐다고 생각했지만 사실은 그리 높이 솟구치지 못했을 뿐이다.

진세를 벗어나기 위해 이리저리 날뛰다 보니 꿈에 볼까 두려운 괴물들과 접촉하게 된다. 이게 동료일까? 아니면 적일까? 그도 아니면 아무것도 아닌 환영일까?

주위는 온통 지독한 마기와 사기, 요기가 들끓고 있어 마공을 익힌 마교 고수들 특유의 마기조차도 감지할 수 없을 만큼 지독했다. 그들이 엄청난 고수였기에 지금 이 안에서 날뛰고 있었던 거지, 만약 무공이 약한 사람이었다면 애초에 진세가 지닌 가공스러운 기운에 짓눌려 죽던지 아니면 미쳐 버렸을 것이다.

당황해서 이리저리 날뛰고 있는 혈랑대원들. 간혹 가다가 자기들끼리 적으로 오인해 공방전을 벌이기도 했지만 곧바로 멀어졌다. 상대가 적인지, 아군인지 불분명한 상황에서 접전을 자제했기 때문이다.

　　　　＊　　　＊　　　＊

진세가 발동됨과 동시에 구양운 장로가 우렁찬 목소리로 외쳤다.

"공격!"

적들이 함정에 빠지자마자 구양운 장로는 독 안에 든 쥐들을 향해 집중 사격을 명령했다. 적은 마교의 최정예. 엄청난 무공을 지닌 놈들로 구성된 특급전투단이다. 조금이라도 여유를 줬다가는 어떻게든 진법을 돌파할 방법을 찾아내고야 말 게 분명하다.

놈들이 생각지도 못했던 함정에 당황해하고 있을 때 최대한 피해를 입혀야만 한다. 놈들에게 생각할 여유를 줘서는 안 된다. 쉴 새 없이 공격을 퍼붓는 길만이 최선이었다. 지금 여기서 얼마나 많은 놈들을 죽이느냐에 이번 전투의 승패가 달려 있다고 해도 과언이 아니었다.

그걸 잘 알고 있는 구양운 장로였기에 목에 핏대를 세우며 부하들을 독려했다.

"자리를 잡는 대로 모두 화살을 쏴!"

구양운 장로는 사격 명령을 내리며, 자신도 손수 활을 쏘기 시작했다. 구양운 장로의 명령에 천마혈검대원들은 공력을 한껏 끌어올려 혈랑대를 향해 화살을 날리기 시작했다.

쉬이이잉! 쉬잉!

공기를 찢어발기는 듯한 괴음이 사방에서 울려 퍼지며 광장으로 화살들이 빗살처럼 날아들었다.

진 속에 갇힌 혈랑대원들에게 이 공격은 정말이지 마른하늘에서 떨어지는 날벼락과도 같았다. 진세로 인해 온 천지 사방이 환영으로 뒤덮여 코앞도 제대로 분간하기 힘든 상태다. 더군다나 괴수들의 울부짖는 괴성으로 인해 다른 소리를 들을 수조차 없다.

그런 최악의 조건에서 강맹한 내공을 머금은 화살 세례까지 받다 보니 정말이지 죽을 지경이었다. 하지만 모두들 워낙 뛰어난 무공의 고수들이었기에 자신을 향해 날아드는 강맹한 기의 흐름을 놓칠 리 없었다. 처음에는 당황한 듯했지만 그들은 곧이어 침착한 표정으로 살벌한 공격들을 막아 냈다.

하지만 시간이 지날수록 적들의 공격은 점점 더 거세졌다. 연경에 배치되어 있던 1천5백에 달하는 모든 고수들도 서둘러 달려와 공격에 가담했다.

그들이 가세해서 쏴 댄 화살만 해도 엄청난 양이었는데, 설상가상으로 1만에 달하는 근위병들이 도착한 다음에는 그야말로 하늘을 새까맣게 뒤덮을 정도로 막대한 양의 화살들이 밤하늘을 가르기 시작했다.

더군다나 이들이 날리는 화살은 전혀 내공이 실려 있지 않았기에 자신의 몸에 도달하기 직전쯤에나 알 수 있었다. 진세의 틈새로 포착할 수 있었던 기의 흐름만으로 적의 화살을 어렵게 막아 내고 있었던 혈랑대원들로서는 도저히 피할 수가 없었다.

다행히도 내공이 실려 있지 않아 위력이 떨어졌기에 온몸에 철갑처럼 둘러놓은 호신강기로 막아 내며 버티고 있었다.

부하들을 독려하며 연신 활을 쏘아 대고 있던 구양운 장로는 이런 엄청난 공격에도 별다른 피해를 입지 않고 버티고 있는 혈랑대의 놀라운 무공에 내심 혀를 내둘렀다.

"지독한 새끼들! 이렇게 퍼붓는데도 버티다니······. 하지만 전력으로 호신강기를 유지할 수 있는 시간은 그리 길지 않아. 계속 쏴 대다 보면 언젠가는 내공이 바닥나겠지."

"차라리 진천뢰(震天雷)를 쓰는 게 낫지 않겠습니까?"

편복대주의 명령에 의해 만들어진 두 번째 화약 병기가 바로 진천뢰. 커다란 쇠구슬처럼 생긴 폭탄으로 그 속에 철질려를 무려 2백여 개나 집어넣어 놨다.

화약이 폭발할 때 발생하는 강력한 힘으로 철질려들이 사방으로 튀어나가 인마를 살상할 수 있도록 고안된 무기였다. 아무리 고수라도 사방에서 폭풍처럼 날아드는 수백, 수천 개의 철질려를 전부 막아 낸다는 건 거의 불가능하리라.

하지만 구양운 장로는 단호히 고개를 가로저으며 말했다.

"재수 없으면 진세를 발동시키고 있는 기관 장치가 부서질 수도 있다."

진천뢰의 엄청난 위력이야 충분히 믿음이 갔지만, 자칫 진세가 파괴되어 애써 우리에 가둬 놓은 호랑이를 밖으로 내보내는 자살 행위에 가까운 짓은 피하고 싶었던 것이다.

"그렇다면 상자노를 이리 운반해 오라고 할까요?"

그렇다. 초대형 쇠뇌에서 발사하는 강맹한 화살이라면 호신 강기만으로는 막기 힘들 게 분명하다.

"그거 좋은 생각이군. 빨리 가져오라고 해."

"존명!"

수하를 보내 놓고 다시금 활을 쏘려고 하던 구양운 장로의 눈에 어디서 본 듯한 무기가 시선을 끌었다. 짤막하면서도 완만하게 휘어진 기형검. 바로 반역도 묵향의 애검 묵혼이 아닌가. 그걸 지닌 흑의복면인 역시 탈출로를 찾아 우왕좌왕하고 있는 중이었다.

그렇지만 자세히 살펴보면 두건 사이로 보이는 그의 눈에는 긴장감 따위는 전혀 찾아볼 수 없었다. 마치 어린아이가 새로운 장난감을 발견한 듯 호기심 가득한 눈길로 주위를 두리번거리고 있었던 것이다.

"헉!"

구양운 장로는 기절초풍하지 않을 수 없었다. 설마, 그가 직접 여기에 왔단 말인가? 구양운 장로는 더 이상 생각할 것도 없이 묵향으로 추정되는 흑의복면인을 향해 조준해서 화살을 날렸다.

흑의복면인은 다른 놈들보다 훨씬 더 빠른 속도로 움직이고 있었기에 그를 향해 화살을 날린다는 게 결코 쉬운 일은 아니었다. 워낙 빠른 속도로 움직였기에 마지막 순간에는 기를 이용해서 조금씩 각도를 틀어 주어야만 했다. 하지만 그렇게 어렵사리 유도한 화살도 흑의복면인은 검을 휘둘러 간단하게 처리해 버렸다.

구양운 장로는 급히 주위에 있는 대원들에게 소리쳤다.

"모두들 저기 생쥐처럼 빠르게 움직이고 있는 놈을 노려라. 시커멓고, 짤막한 기형검을 가지고 있는 놈! 서둘러!"

구양운 장로의 명령에 그의 옆에 서 있던 10여 명의 대원들이 일제히 활 끝을 돌려 흑의복면인을 향해 화살을 날렸다. 하지만 그의 방어막을 뚫을 수는 없었다.

"과연! 역대 최강이란 게 헛소리는 아니었군."

이때 흑의복면인이 아무리 달려 봐야 답이 안 나온다고 생각했는지 갑자기 위로 뛰어올랐다. 기세 좋게 위로 솟구쳤지만 3장 정도 올라가자 뭔가에 막히기라도 한 듯 멈칫거렸다. 아래쪽으로 빨아들이는 진세의 강력한 흡인력 때문이었다.

이전에도 몇몇 혈랑대 고수들이 위쪽으로 뛰어올라 진세를 벗어나려고 시도했었지만 모두들 실패한 원인이 바로 이것이었다. 그 자신은 진세가 가져다주는 환각에 의해 평소처럼 수십 장을 날아오른다고 생각했겠지만, 사실은 전혀 위쪽으로 올라가지 못했던 것이다.

하지만 흑의복면인은 달랐다. 다른 고수들이 3장을 고비로 아래쪽으로 내려왔음에 비해, 그의 몸은 3장쯤에서 멈칫 하더니 다시금 조금씩 위쪽으로 솟구치기 시작한 것이다.

그걸 바라보는 구양운 장로의 눈에 경악심이 어렸다. 진세의 흡인력이 얼마나 지독한지 잘 알고 있었기 때문이다.

구양운 장로는 정신없이 외쳤다.

"빨리 폭발시켜라!"

"예? 폭발은 최후에나……."

"잔말 말고 빨리!"

구양운 장로는 묵향으로 추정되는 고수가 진세를 탈출할 가능성이 있다고 판단되자마자 심지에 불을 붙이라고 명령했다. 저런 엄청난 고수가 진을 벗어나게 되면 도저히 뒷감당을 할 수가 없을 게 뻔하니까.

구양운 장로의 명령에 제3대장은 진세 밑에 설치되어 있는 자폭 장치의 도화선에 불을 붙였다. 특별하게 제작된 심지는 말이 달려가는 속도보다도 훨씬 더 빠른 속도로 타 들어갔다.

환혹파멸진의 아래쪽에는 대략 3만여 근(약 11톤)에 달하는 화약과 1천5백여 개의 진천뢰가 깔려 있었다.

처음 진세를 구축할 때, 편복대주는 만약의 사태를 대비해서 그때까지 제작된 화약과 진천뢰를 몽땅 다 이 진세 밑에다가 설치했다. 이건 최강의 적들을 상대하기 위한 함정이었고 그런 만큼 진세만으로 상대하기 벅찬 경우도 대비하지 않을 수 없었다. 그럴 경우 적들을 아예 진세 채로 날려 버리는 게 최선이라고 편복대주는 생각했던 것이다.

당시 편복대주의 말에 구양운 장로는 이런 엄청난 진세에 뭣 때문에 아까운 화약과 진천뢰까지 묻어 두냐고 불평을 늘어놨었다. 천하에 적수를 찾아보기 힘든 천마혈검대를 이끄는 대주였기에 자신들을 믿지 못해서 편복대주가 이런 짓거리를 한다고 생각하니 기분이 상했기 때문이다.

하지만 지금 구양운 장로는 애타는 마음을 감추지 못했다. 사실 그도 이렇게 많은 화약이 폭발하면 얼마나 엄청난 위력을 보여 줄지 알지 못했다. 더군다나 상대는 무림 최고의 고수. 과연 이걸로 놈을 없앨 수 있을까?

편복대주는 진세 아래에 묻은 화약의 양이 웬만한 성(城) 하나를 초토화시킬 수 있는 양이라고 장담했지만, 이 진세가 가지고 있는 엄청난 흡인력을 뚫고 올라오는 흑의복면인의 가공할 만한 신위를 생각하면 전혀 미덥지가 못했다.

'완성되는 시일을 조금 더 늦추더라도 더 많은 양을 묻으라고 했어야 했는데…….'

하지만 이미 때늦은 후회였다. 그렇다고 지금 땅을 파고 화약을 더 가져다 묻을 수도 없는 노릇이 아닌가. 어차피 화살은 시위를 떠난 상태다. 지금 할 수 있는 일이 있다면 최선을 다해 흑의복면인이 진세를 돌파하는 최악의 사태를 막는 것뿐이었다.

"대주! 화약이 터지기 전에 빨리 몸을 피하셔야 합니다."

심지에 불을 붙이고 달려온 제3대장의 말에 구양운 장로는 고개를 가로저었다.

"지금 여기서 저자를 잡지 못한다면 우린 엄청난 피해를 감수해야 한다. 만약 저자가 내 예상대로 묵향 부교주라면 같이 죽는다고 해도 결코 밑지는 장사가 아니야. 자네는 무공이 떨어지는 자들에게 폭파 범위 밖으로 나가라고 해라. 그들은 아무런 도움도 되지 못하니까!"

"존명!"

말을 마친 구양운 장로는 입술을 꽉 깨문 뒤 내공을 끌어올렸다. 그러자 그의 등에 메여 있던 검 네 자루가 마치 살아 있기라도 한 듯 스르르 검집을 빠져나왔다.

그리고 흑의복면인을 향해 쏜살같이 날아갔다. 구양운 장로의 특기라고 할 수 있는 어기동검술(御氣動劍術)이 시전된 것이다.

불과 몇 초밖에 안 되는 짧은 시간이었지만, 구양운 장로에게 있어서 그건 마치 영원과도 견줄 만큼 긴 끔찍한 시간이었다. 점점 위쪽으로 상승하고 있는 흑의복면인. 만일 그가 진세를 탈출하면 모든 게 끝이라는 걸 구양운 장로가 모를 리 없다.

그렇기에 그는 화약이 터질 동안 조금이라도 흑의복면인의 움직임을 늦추기 위해서 전력을 다한 일격을 날린 것이다.

콰콰쾅!

무시무시한 굉음과 함께 어마어마한 충격파가 사방을 뒤흔들었다. 미리 지시를 받은 고수들은 뒤로 빠졌지만, 후퇴 명령을 받지 못한 근위병들은 자신들이 어떻게 죽는지도 모르고 온몸이 산산이 찢겨 나갔을 정도로 폭발의 충격파는 엄청난 속도로 사방을 훑고 지나갔다.

하지만 뛰어난 고수인 구양운 장로의 눈에는 마치 천천히 흘러가는 연극이라도 되듯 하나하나가 다 보였다.

1차 폭발의 압력에 의해 1천5백여 개의 진천뢰가 하늘 위로 솟아올랐고, 그 진천뢰들이 폭발함과 동시에 가공스러운 2차 폭발이 이어졌다.

땅속에 묻혀 있던 진천뢰들이 불과 1장 정도 떠오른 후 폭발했기에, 1차와 2차 폭발 간의 시간 차는 거의 순간이라고 불러도 무색할 정도로 짧았다.

구양운 장로는 폭발의 여파로 몸이 휘청거리는데도 불구하고 흑의복면인이 있는 쪽을 뚫어져라 노려봤다. 광장을 몽땅 집어삼킨 검붉은 화염과 빗살처럼 날아다니는 철질려들. 그리고 처절한 비명성만이 주위를 가득 메웠다.

아무리 무공이 고강하더라도 결코 사람이 살아남을 수 있는 상황이 아니다. 그것도 폭발의 중심점인 저 안쪽에서는 더욱. 내심 안도의 한숨을 내쉬려던 구양운 장로는 소름이 오싹 돋을 만큼 엄청난 기의 파장을 느꼈다.

그리고 그 순간, 시뻘겋게 솟아오르는 불덩이 속에서 시커먼 그림자 하나가 튀어나왔다. 바로 그 흑의복면인이었다.

"이, 이런 젠장! 그 속에서 살아남았단 말이냐?"

구양운 장로는 더 이상 생각해 볼 것도 없다는 듯 꽁지가 빠지게 도망치며 주위에 있는 천마혈검대원들과 고수들에게 전음을 날렸다.

〈전력을 다해 탈출해라! 빨리!〉

그로서는 선택의 여지가 없었다. 목숨을 걸고 흑의복면인과 싸울 수도 있겠지만, 그래 봐야 계란으로 바위 치기라는 걸 그는 잘 알고 있었다. 저런 무시무시한 함정 속에서 살아남은 괴물을 무슨 수로 당한다는 말인가?

묵향은 진세에서 탈출하자마자 메뚜기처럼 사방으로 흩어져 도망치는 적의 고수들을 볼 수 있었다.

"이런 망할 새끼들!"

편복대주가 연경에 만들어 놓은 함정이 얼마나 치밀했는지 진세에서 막 탈출한 묵향의 몰골은 말이 아니었다. 야행복은 여기저기 찢어지고 화기에 새까맣게 그을렸다.

묵향은 찢어진 복면을 벗어 땅바닥에 신경질적으로 내던지며 적들을 추격하려고 했다. 하지만 그러지 못했다. 여기저기에서 미약한 신음 소리가 들려왔기 때문이다.

"크으으윽!"

마음 같아서는 자신에게 이토록 큰 곤욕을 치르게 만든 놈들을 찢어 죽이고 싶었다. 하지만 이를 갈면서도 묵향은 뒤로 신형을 돌릴 수밖에 없었다. 적을 쫓기보다는 부상을 입고 쓰러진 생존자를 구출하는 게 우선이라고 생각했기 때문이다.

주위를 둘러보고 있을 때 저 멀리서 온몸이 피투성이가 된 동방뇌무 장로가 비틀거리며 달려왔다. 그의 왼팔이 통째로 찢겨 날아가고 없었음에도 불구하고 그는 묵향의 안위를 걱정해서 달려온 것이다.

"교주님! 괜찮으십니까?"

"동방뇌무 장로! 몸은 괜찮은가?"

"이 정도는 아무것도 아니니 심려하지 마십시오."

동방뇌무 장로는 강인한 어조로 말했지만 그의 얼굴색은 창백하기 그지없었다. 대폭발로 인해 외상은 물론이고 꽤 깊은 내상까지 입은 모양이다.

"우선 살아남은 대원들을 한곳으로 모아라."

"송구스럽습니다. 속하가 불민하여……."

"쓸데없는 소리 하지 말고 빨리 대원들부터 모아."

"예? 예."

"그리고 누구 한 명 보내서 이 근처에 의원이 있는지 알아보도록 해라. 부상을 입은 대원들을 모두 다 살려야만 한다. 알겠나!"

"존명!"

그렇게 대답은 했지만, 동방뇌무 장로는 자신들이 이곳에 온 목적을 잊지 않고 있었다. 묵향의 명령을 실행하는 한편, 비교적 부상이 적은 세 명의 고수를 차출하여 황제를 찾아내라고 지시를 내렸던 것이다.

동방뇌무 장로와 비교적 부상이 적은 자들은 분주히 움직여 광장 여기저기에 나뒹굴고 있던 대원들을 한곳으로 모았다. 태반이 심각하리만큼 큰 외상과 내상을 입고 있었다.

중상자와 경상자를 가려 어느 정도의 전력이 손상됐는지 파악하고 있을 때, 성 외곽에 포진해 있던 금군들이 달려오기 시작했다. 그들은 폭발의 여파에 간신히 살아남은 금군들과 합류하여 마교 고수들을 향해 닥치는 대로 화살을 쏴 대기 시작했다.

그들은 자신들이 무림고수들의 상대가 되지 않는다는 것을 잘 알면서도 필사적으로 달려들었다. 그들로서도 양보할 수가 없는 것이다. 이곳은 그들의 지존 황제와 그의 일가가 기거하는 황궁이었으니까.

"쏴라! 쏴!"

"놈들을 벌집으로 만들어라!"

평상시라면 병사들이 쏴 대는 화살쯤이야 그리 대단한 위협이 되지도 않았을 것이다. 하지만 지금 그들의 몸은 정상적인 상태가 아니었다. 거대한 폭발의 충격으로 인해 외상은 물론이고 내장까지 뒤흔들려 버린 상태였다.

몇몇 대원들은 척 봐도 도저히 살기 힘들 정도로 엄청난 부상을 입고 있었다. 그런 그들에게 내공이 담겨 있지 않다 하더라도 금군들이 쏘아 대는 화살은 치명적으로 작용할 게 뻔하다.

묵향은 화가 머리끝까지 치밀어 올랐다. 천마혈검대가 탈출해 버린 이상 더 이상 싸울 이유가 없음에도 불구하고, 병사 놈들이 주제 파악도 하지 못하고 덤벼들고 있었기 때문이다.
"이런 망할 새끼들! 꼭 피를 봐야 정신을 차린단 말이냐?"
지금껏 무공도 모르는 장졸들을 상대로 그가 칼부림을 한 건 몽고에서의 전쟁 때뿐이었다.
중원 최강이라는 자부심을 지닌 그였기에 적군이라고는 하지만 일반 병졸들에게까지 칼을 빼 들고 싶지는 않았던 것이다. 만약 칼을 빼 든다면 그건 일방적인 학살이 될 게 뻔하다. 하지만 그는 오늘 도저히 참을 수가 없었다.
"이 새끼들! 오늘 다 죽었어!"
분노한 묵향의 온몸에서 일순 살이 찢겨 나갈 정도의 엄청난 살기가 느껴졌다. 순간적으로 묵향의 허리를 떠난 묵혼검이 앞쪽으로 향했고, 그와 동시에 시퍼런 강기 다발들이 사방으로 뿜어져 나갔다.
번쩍! 콰콰쾅!
묵혼검을 통해 뿜어져 나간 기의 폭풍이 금군을 강타했다. 처절한 비명과 함께 수십 명의 금군이 피를 뿌리며 나뒹굴었다. 그리고 강기 가닥이 뚫고 들어간 벽과 전각 여기저기에는 구멍들이 숭숭 뚫렸다.
묵향은 미친 듯 주위를 돌아다니며 금나라 병사들을 학살했다. 묵혼검이 번쩍일 때마다 금나라 병사들의 몸은 피를 내뿜으며 갑옷째로 토막 났다.
한 5백여 명 정도 죽였을까? 묵향은 주위를 둘러봤다. 지금쯤 자신의 학살극에 질려 금군 병사들이 겁에 질려 도망치고 있을 거라는 생각에서였다. 하지만 금군은 그의 기대와 달리 사방에서 몰려들고 있었다.

묵향은 고개를 갸웃하지 않을 수 없었다. 어떻게 된 노릇인지 병사들의 눈에는 전혀 공포심이라고는 찾아볼 수 없었다. 다만 동료들에 대한 복수심만이 이글거리고 있었다. 묵향으로서는 이해하기 힘든 상황이었다. 원래가 일반 병사들의 경우 초월적인 존재를 눈앞에 두면 도망치기 바쁘지, 이렇게 미친 듯이 달려들지 않기 때문이다.

이게 다 제령단이라는 사악하기 그지없는 약물의 힘이었지만 묵향이 그걸 알 도리가 없었다.

"황제라는 놈이 이토록 병사들의 존경을 받는 인물이었던가? 그게 아니면 장인걸인가? 그도 아니라면 놈들을 지휘하는 장수가 꽤나 유능한 인물인지도 모르겠군."

상대 쪽에서 물러나지 않겠다면 어쩔 수 없다. 좀 더 피를 흘려 놈들이 깨닫게 만드는 수밖에.

"그 정도로는 간에 기별도 안 간다는 말이지? 그래, 끝까지 버텨 봐라. 어떻게 되는지 본좌가 가르쳐 주마!"

그날, 연경에서 거주하던 사람들은 지옥이라는 게 뭔지 경험해야만 했다.

지루한 소모전

24

눈 는 에 눈

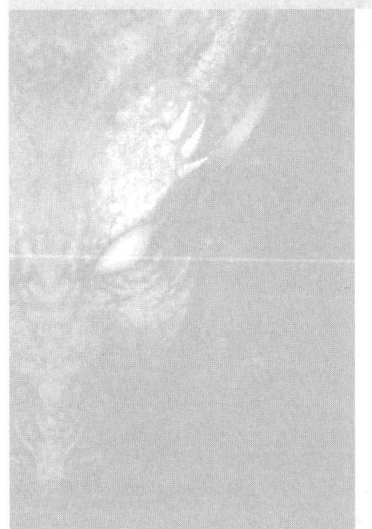

장인걸의 발목을 잡는 데 만족하지 않고, 남양의 군량미를 몽땅 불사르겠답시고 만용을 부렸었던 철영은 되려 매복에 걸려 된통 뜨거운 맛을 봐야만 했다.

더군다나 적들이 보도 듣도 못 한 신무기들까지 써 대니 그 피해는 더욱 가중되었다.

하지만 마교 고수들은 곧바로 평상심을 회복했다. 마교가 자랑하는 최정예들인 만큼, 지금까지 오직 무공만을 벗 삼아 고련에 고련을 거듭한 그들에게 그런 얄팍한 잔재주가 계속 통할 리는 없었던 것이다.

철영은 더 이상 정면 대결을 해 봐야 아무런 소득이 없다는 판단이 들자, 전투를 산발적으로 진행하면서 수하들을 천천히 후퇴시켰다. 숫자가 적은 만큼 적들에게 포위당하면 힘든 싸움을 치러야 한다는 걸 잘 아는 철영은 퇴로 확보에 가장 많은 신경을 썼다.

철영은 일차적으로 성벽이 있는 곳까지 수하들을 후퇴시킨 후 점차 뒤쪽으로 빠져 처음의 돌격선이 있는 곳까지 물러섰다.

일단 마교도들이 숲이 있는 곳까지 물러서자, 장인걸은 병력을 뒤로 물렸다. 걸리적거리는 장애물이 가득한 숲 속에서 대규모 병력을 운용하기는 힘들기 때문이다.

*   *   *

토성으로 돌아온 장인걸은 썩 기분이 좋지 못했다. 놈들이 계속 숲 근처에서 무력시위를 한다면, 그들을 토벌할 대책이 전혀 없다는 생각이 들었기 때문이다.

병사들이 허기진 배를 채우기 위해 여기저기에서 식사 준비를 하고 있는 걸 바라보며, 장인걸은 자신에게 좀 더 많은 고수들이 있었다면 얼마나 좋았을까 하고 생각했다. 만약 그랬다면 놈들이 숲 속으로 후퇴했다고 해도 끝까지 추격해서 격멸해 버릴 수 있었을 게 아니겠는가.

"안색이 어두우시옵니다, 교주님."

편복대주의 말에 장인걸은 가볍게 한숨을 내쉬며 말했다.

"후회라는 게 얼마나 어리석은 짓인 줄은 내 익히 알고 있으나 오늘 놈들의 용맹스런 모습을 보니 너무나도 한스럽구먼. 만약 저들이 내 수하였다면, 진작에 중원 전체를 무릎 꿇려 버릴 수 있었을 텐데 말이야. 그런데 지금은 제대로 된 고수가 없어, 놈들이 숲 속에 숨었다고 후퇴해야만 하는 신세가 되다니……. 너무나도 통탄스럽구먼."

묵향에 의해 마교 교주 자리를 빼앗긴 것에 대해 자괴감을 곱씹는 장인걸을 편복대주는 부드러운 목소리로 위로했다.

"너무 심려하지 마시옵소서, 교주님. 놈들이 무공에서 앞서 간다고 하지만, 결국은 무림이라는 우물 속의 개구리일 뿐이옵니다. 어찌 대 금제국의 힘을 등에 업고 계신 교주님만 하겠사옵니까?"

"흠, 그렇게 말하는 걸 보니 자네는 뭔가 생각해 둔 게 있는 모양이군."

"수하들에게 일러 야습을 준비하라고 지시해 뒀사옵니다."

마교의 전술을 잘 아는 장인걸은 상대방이 다음에 취해 올 행동을 뻔히 예측하고 있었다. 그들은 분명 밤이 되면 은밀히 공격을 해 올 것이다. 그런데 방어가 아닌 공격이라니…….

"야습? 놈들이 야습해 올 걸 생각하면 골치가 아프거늘, 어찌 우리 쪽에서 야습을 할 수 있단 말인가?"

고수의 수를 봐도 저쪽이 월등하게 많다. 더군다나 양쪽 다 마공을 익혀 서로의 위치를 뻔히 알 수 있는 상황이다. 놈들이 기습을 가해 온다면 몰라도, 이쪽의 고수들을 동원해서는 기습 작전 자체가 불가능하다고 볼 수 있었다.

하지만 편복대주는 그런 모든 것을 이미 감안하고 있다는 듯 자신만만한 표정으로 대답했다.

"우리에게는 진천뢰가 있지 않사옵니까? 이미 수하들에게 지시를 해 뒀사오니 교주님께서는 결과만 지켜보시옵소서."

일단 위치를 파악한 이상, 마기를 풀풀 풍기는 마교도들의 위치를 편복대가 놓칠 리 없었다. 지금 그들의 행동은 편복대원들에게 철저하게 감시당하고 있는 상태였다.

장인걸 휘하에 있는 다른 고수들과 달리 편복대원들은 정파의 무공을 익혔다.

내공의 발전 속도가 형편없다는 걸 잘 알면서도 그렇게 할 수밖에 없었던 이유는 바로 마기 때문이다. 마공을 익혀 자신의 위치를 상대가 훤히 알 수 있다면 첩자로 써먹을 수가 없지 않은가.

편복대주에게 기습 공격 명령을 하달받은 편복대원 다섯 명은 마교도들보다 조금 더 높은 장소에 자리 잡았다. 저 아래쪽에 야영 중인 마교도들은 아주 느긋한 자세로 저마다 휴식을 취하는 중이다.

사방에 경계를 세워 놨기에 적의 고수들이 접근해 온다든지 아니면 궁수들의 저격을 받을 가능성도 거의 없었다. 궁수가 마공을 익혔다면 금방 그 위치를 파악할 수 있을 테고, 일반 병사가 화살을 날려 봐야 자신들에게 그 어떤 피해도 주지 못할 테니까.

그런데 설마, 진천뢰를 날릴 줄이야. 물론 진천뢰는 쇠로 만들어져 있기에 매우 무거워 멀리 던질 수가 없다. 편복대원들이 아무리 무공을 익혔다고는 하지만, 일반인들보다 수십 배나 멀리 던질 수는 없는 것이다.

그렇기에 편복대원들은 적들보다 높은 위치를 점했던 것이고, 그들이 던진 진천뢰는 바닥에 떨어지면서도 데굴데굴 굴러서 밑으로 내려왔다.

뭔가 이상한 소음이 들려오자 쉬고 있던 마교도들은 어느새 무기를 움켜쥐고 경계 태세에 들어갔다. 그런 그들의 눈에 시커먼 쇳덩이가 자신들을 향해 굴러오는 것이 보였다.

"저게 뭐지?"

"어라? 낮에 봤던 그거 같은데?"

"꾸엑! 바로 그거다. 빨리 피해!"

낮에 벌어진 전투에서 진천뢰의 가공할 만한 위력에 혼쭐이 난 마교도들은 저마다 경호성을 질러 대며 재빨리 사방으로 몸을 굴렸다.

사실 심지에 불을 붙여 던지는 진천뢰 따위로 그들에게 피해를 줄 수 없다는 걸 편복대주도 잘 알고 있었다. 그런데 왜 그가 이런 짓을 시켰느냐 하면, 적들이 가만히 휴식을 취하지 못하게 만들어 신경을 긁으려는 의도였다.

꽈꽈꽝!

일순 엄청난 굉음과 함께 수많은 철질려가 허공으로 비산했다. 놀라서 이리저리 피했던 마교도들은 진천뢰가 폭발한 후 화가 머리끝까지 치솟아서는 편복대원들을 찾아 산꼭대기로 내달렸다.

지루한 소모전

하지만 한밤중에, 그것도 꽁꽁 숨은 첩자들을 산속에서 잡아
내다는 게 그리 쉬운 일은 아니었다. 어느 구석에 숨어 들어갔
는지 도저히 찾아낼 수가 없었던 것이다.
찾다가 찾다가 포기하고 다시 휴식을 취하려고 하면 또다시
날아오는 진천뢰.
철영은 이빨을 갈지 않을 수 없었다. 이토록 자신들을 만만
하게 보다니. 철영이 직접 일어서서 어둠 속으로 걸어 나가자,
한중평 장로가 몸 둘 바를 몰라 하며 말렸다.
"부교주님께서 손수 나서실 필요까지는 없습니다. 조만간에
그 쥐새끼들을 잡아낼 겁니다."
그 말에 철영은 약간은 짜증스러운 어조로 대꾸했다.
"언젠가는 잡아낼 거라는 건 알고 있네. 하지만 그래서는 대
원들이 휴식을 취하기도 힘들어. 이런 때는 기척을 숨길 수 있
는 본좌가 나서는 게 훨씬 더 효율적이지."
그리고 품속에서 복면까지 꺼내 덮어쓰자, 철영 부교주의 모
습은 어둠 속으로 순식간에 사라져 버렸다.

똑같은 공격이 반복되면 아무리 바보 멍충이라도 적이 어디
에서 나타날지 대략 예상할 수 있다. 더군다나 적들은 마교도
들 중에서 극마급 고수가 끼어 있다는 사실을 모르고 있는 모
양이었다.
철영이 숨어 있다는 것도 모르고, 세 명의 흑의인들이 어디

선가 슬그머니 나타났다. 그들이 가장 먼저 한 것은 땅속에 굴을 파는 것이었다. 우선 숨을 자리부터 확보해 두고, 공격을 가하려고 하는 생각이리라.

"그렇게 하니까 재미있냐?"

뒤쪽에 슬그머니 접근한 철영이 이죽거렸지만, 놈들은 그게 동료가 한 말인 줄 착각한 모양이다.

"물론 재미있지."

"멍청한 새끼들! 여기 낙엽 속에 숨어 있는 줄도 모르고 허둥대는 꼴이란……."

"이런 쳐 죽일 놈들!"

분노에 가득 찬 목소리가 울려 퍼지고서야 그들은 자신들의 뒤에 서 있는 자가 동료가 아니라 정체 모를 괴한임을 깨달았다. 그들은 너무 놀라 숨소리조차 내지 못했다. 철영은 순식간에 그들 세 명을 제압한 다음 끌고 내려갔다.

"꼬리가 길면 밟히는 법이야. 멍청한 새끼들!"

그렇게 말하면서도 철영은 만약 자신이 없었다면 이들로 인해 큰 고생을 했을 거라는 것쯤은 알고 있었다. 이들을 보낸 놈은 꽤나 머리가 잘 돌아가는 놈이 분명했다. 마교도들의 장단점을 제법 소상하게 파악하고 있는…….

"이놈들을 심문해라."

포로 세 명을 던져 준 다음, 철영은 그들로부터 압수한 진천뢰들을 자세히 살펴봤다. 놈들이 사용하는 걸 봤기에 이것의 사용법은 이미 알고 있는 상태다.

하지만 어떻게 해서 이런 엄청난 위력을 지닌 암기를 장인걸의 수하들이 가지고 있는지는 철영도 알지 못했다. 이런 암기는 난생 처음 봤으니까.

한참을 보고 있는데 옆으로 다가온 한중평 장로가 진천뢰를 보자 깜짝 놀라 소리쳤다.

"아니, 이거 놈들이 던지던 진천뢰가 아닙니까?"

"한 장로는 이런 암기가 있다는 말을 들어 본 적이 있는가?"

"글쎄요, 저야 워낙 총타 안에서만 생활하다 보니 물정에 어두워서······."

쑥스러운 듯 뒤통수를 긁으며 대답하던 한중평 장로는 문득 뭔가 떠올랐다는 듯 언성을 높였다.

"혹 사천당문에서 만든 게 아닐까요?"

"사천당문이 암기의 명가라는 얘기는 들었네. 한 장로 말대로 거기서 흘러나온 물건인지도 모르지. 어쨌건 교주님께 드릴 좋은 선물이 될 것 같아."

그 말에 한중평 장로는 방금 생각났다는 듯 심각한 표정으로 대답했다.

"새로워야 선물이 되겠죠. 교주님께서도 이미 이 녀석의 맛을 보셨을 가능성이 큰데······."

"그렇구먼. 하지만 교주님께서 직접 가셨으니 무슨 일이 있겠는가? 되려 놈들이 교주님의 신위에 질려 혼비백산하겠지."

그 후로도 쌍방은 몇 번이나 전투를 벌였지만 첫날처럼 그렇게 치열한 대접전은 벌어지지 않았다. 서로가 서로의 장단점을 뻔히 아는 상황에서 무모한 충돌을 일으킬 리 없었기 때문이다.

그렇게 하루하루가 지나고, 묵향이 약속했던 시간이 다가왔다.

"오늘도 하루가 이렇게 끝나는군."

철영은 짙은 잿빛으로 어두워지고 있는 서쪽 하늘을 바라봤다. 오늘 밤은 구름이 많이 끼어 칠흑과도 같은 어둠이 내릴 게 분명하다.

'야습을 할까? 말까……'

짙은 구름이 달을 가리는 만큼 저쪽도 야습에 대비할 게 분명하다. 더군다나 마기를 내뿜는 마교도들을 데리고 야습을 해봐야 곧바로 저들이 눈치 챌 게 뻔하다. 그 때문에 그동안 몇 번이나 야습을 감행했음에도 불구하고 성과가 시원찮았던 것이다.

"휴우~."

깊은 한숨을 내쉬는 철영을 보며 한중평 장로가 물었다.

"무슨 근심이라도 있으십니까?"

"내 마음이 편하게 생겼나? 옥관패 장로는 전사했고 수하들도 많이 잃었네. 교주께서는 절대로 적과 정면충돌은 피하라고 신신당부까지 하셨는데, 내 욕심이 일을 이 모양으로 만들어 놨어. 교주님께서 돌아오실 때가 다 되어 가는 데…, 쩝, 내가 무슨 낯으로 교주님을 뵙겠나? 정말 막막하구먼."

"피해는 컸지만 교주님께서 내린 임무는 완수해 냈지 않습니까? 지금까지 장인걸의 발목을 꽉 틀어잡고 있었으니까요. 아마 교주님께서도 그리 크게 문책하지는 않으실 겁니다. 더군다나 놈들의 신무기를 입수하는 쾌거까지 이루지 않으셨습니까?"

그렇게 위로하기는 했지만 한중평 장로 자신도 교주의 문책에서 자유로울 수 없음을 잘 알고 있었다. 그래서인지 그의 안색도 그리 밝지는 않았다.

"부상자들은 좀 어떤가?"

"모두 치료를 마친 후 운기조식에 들었습니다."

이곳에 온 마교도들은 모두 창상(創傷)과 내상에는 익숙했기에 웬만한 상처는 자체적으로 치료가 가능했다. 하지만 상처가 아주 심할 때는 전문적으로 의술을 익힌 의원에게 가야만 했다.

문제는 치열한 전투가 벌어지고 있는 이곳에 의원이 있을 턱이 없었다. 그래서 손을 쓰기 힘든 중상자들은 임시방편으로 치료만 한 뒤, 임무가 끝나 퇴각하기만을 기다리고 있었다.

"야습을 준비할까요?"

"오늘은 쉬기로 하지. 야습하기 딱 좋은 날인 만큼 저쪽도 대비를 충분히 할 거야. 오히려 밤보다는 새벽에 치고 들어가는 게 좋지 않을까?"

몇 날 며칠 동안 계속된 전투다. 양쪽 다 조건은 비슷했다. 이쪽은 무공이 뛰어난 만큼 체력이 좋고, 저쪽은 숫자가 많으니 교대로 휴식을 취할 수 있다.

하지만 저쪽은 밤에 닥칠지도 모를 기습의 공포에 떨어야만 했고, 이쪽은 편복대의 쥐새끼들이 던져 대는 진천뢰 때문에 위쪽에 대한 경계를 엄중히 하다 보니 피로가 가중될 수밖에 없었던 것이다.

다음 날 아침. 새벽에 계획대로 또다시 푸닥거리를 전개한 후였기에 모두들 상처를 치료하며 휴식을 취하는 중이다.

절영은 자신의 무능을 교수가 책망할 것도 두려웠고, 또 언제까지 계속해야 할지 알 수 없는 소모전 때문에 심신이 지쳐 있었다. 묵향이 언제 정확히 돌아온다고 약속한 것은 아니었기 때문이다.

마음이 불편하니 잊고 있었던 장인걸에게 한 대 맞은 곳이 쓰라려 왔다. 독기를 내공으로 억누른 후, 나중에 살을 찢고 부패한 곳을 잘라 내 버렸기에 상처는 아주 깨끗하게 아물고 있었다.

하지만 꿰매 놓은 상처는 아직 아물지 않았기에 한 번씩 쓰라려 왔다. 철영은 품속에서 금창약을 꺼내 상처 위에 바르며 투덜거렸다.

"이건 너무 불공평해. 나도 그 망할 흑살마공이나 익혔어야 하는 건데 그랬어. 이쪽은 한 대만 맞아도 목숨이 오락가락하는데, 그 새끼는 웬만큼 두들겨도 끄떡도 하지 않으니 원…, 이거 더럽고 치사해서 싸우겠나."

이때, 경계를 서고 있던 수하가 달려오며 외쳤다.

"교주님께서 오십니다."

순간 철영은 안도의 한숨을 내쉴 수 있었다. 드디어 기다리고 기다리던—하지만 오지 않았으면 하고 바라던—그날이 온 것이다.

철영은 한중평 장로 등을 거느리고 재빨리 교주에게로 달려갔다.

하지만 철영은 교주 일행의 모습을 보는 순간 할 말을 잊고 말았다. 놀랍게도 혈랑대원들이 모두 만신창이가 되어 있었기 때문이다. 더군다나 장로들 중에서도 무공이라면 세 손가락 안에 꼽힌다는 동방뇌무 장로의 왼팔이 날아간 모습에는 정말이지 벌어진 입을 다물지 못할 지경이다.

그 모든 것에도 불구하고 엉망진창인 몰골을 하고 있는 피로한 듯한 교주의 모습을 보고, 철영은 더 이상 아무런 생각도 떠오르지 않았다. 지금껏 저런 묵향의 모습은 단 한 번도 상상조차 해 본 적도 없었으니까.

"오, 자네 왔구먼. 지금까지 수고가 많았네."

"아니, 어떻게 되신 겁니까? 교주님."

묵향은 허탈한 듯 미소 지으며 대답했다.

"장인걸 그놈이 파 놓은 함정에 빠졌다네. 그래도 자네가 이곳에서 잘 싸워 준 덕분에 더 이상의 피해 없이 여기까지 후퇴할 수 있었지."

철영은 지체하지 않고 무릎을 꿇으며 입을 열었다.

"임무를 잘 수행했다니, 속하는 그 칭찬을 감당할 수 없습니다. 놈의 발목을 잡기는 했지만 초기에 기습을 당해 옥관패 장로까지 잃었습니다. 교의 인재를 허무하게 잃은 속하를 벌하여 주십시오!"

"허, 옥관패 장로가 죽었다고?"

철영의 말에 묵향은 가슴이 쑤셔 왔다. 묵향과 꽤나 인연이 깊었던 장로가 바로 옥관패다. 처음 무림에 출노하여 부분타수로 일했을 때나 나중에 천지문과 불가침조약을 맺을 때, 당시 옥관패 장로가 외총관이었기에 그와 함께 일을 했었다.

곱추인 데다가 흑수마공(黑手魔功)까지 익혀 기괴한 형상으로 변해 버린 시커먼 손을 가진 추악한 몰골의 인물이 옥관패였다. 그럼에도 불구하고 묵향이 그를 좋아했던 건 그가 외모 따위에 굴하지 않는 강인한 정신력을 지닌 사람이었기 때문이다. 그런 그를 이제 다시는 볼 수 없게 되어 버렸다니…….

묵향은 침울한 표정으로 잠시 허공을 바라보다 이를 으드득 갈았다.

"장인걸, 이 쥐새끼 같은 놈으로 인해 너무 많은 피해를 입었어."

분노한 묵향의 모습에 철영은 아무 말도 할 수 없었다.

잠시 후, 어느 정도 분노가 가라앉은 묵향은 철영을 향해 부드러운 목소리로 입을 열었다.

"장인걸 그놈이 이번 전투를 대비해 얼마나 많은 준비를 해 뒀는지는 본좌도 잘 알고 있네. 그래도 자네가 지휘를 잘해서인지 이쪽은 그나마 피해가 덜한 듯하니 다행일세."

초기에 당한 매복 기습으로 인해 철영 쪽이 입은 피해는 상당했다. 하지만 혈랑대의 몰골을 보면 자신들이 받은 건 피해라고 부르기에도 민망한 정도였다.

거의 극마급에 근접한 특1급 고수들만을 선발해서 구성한 전투단이 혈랑대인데, 그중 절반에 가까운 42명이 전사했다는 건 정말이지 믿어지지 않는 일이었다. 더군다나 살아남은 사람들 중에서도 절반 이상이 한동안 거동도 하기 힘들 정도로 지독한 중상을 입었으니…….

철영 부교주는 동방뇌무 장로를 나중에 따로 만나 그간의 얘기를 자세히 들을 수 있었다.

그의 얘기에 따르면, 금군 병사들이 끈질기게 화살을 날리며 저항한 탓에 사망자가 더욱 늘었다는 것이다. 만약 연경의 절반을 잿더미로 만들어 버릴 정도로 치열하게 전개된 그놈의 전투만 벌어지지 않았더라도 사망자의 수는 최소한 절반 이하로

줄어들었을 거라는 말이다.

　심각한 중상을 입은 혈랑대원들의 상당수가 운기조식 중 산공(散功)으로 인해 끔찍한 고통에 몸부림치며 죽어 갔다.

　역천의 무공을 익힌 자들이 지닌 숙명이 바로 산공이다. 평상시에는 상관없지만 노화나 부상으로 인해 내공을 지탱할 만한 여력이 없게 되면, 고무풍선이 터지듯 지금까지 모아 뒀던 내공이 일순간에 흩어지며 사망하게 되는 것이다.

　연경을 탈출한 후 약간의 시간을 얻게 되자, 묵향은 내상이 심한 대원들의 운기조식을 도와 그들의 내공을 안정시켰다. 하지만 많은 대원들이 그걸 기다리지 못하고 연경에서 이미 사망한 후였다.

　그때의 치열했던 전투를 들으며, 철영은 자신이 연경으로 가지 않게 된 걸 하늘에 감사했다. 만약 자신이 갔다면 절반은커녕, 어쩌면 아예 연경에서 몽땅 다 뼈를 묻게 되었을지도 모를 일이었기 때문이다.

　자신이 처음에 뭣도 모르고 연경으로 보내 달라고 간청했던 걸 생각하면 뒷골이 서늘해지는 철영이었다.

개똥도 약에 쓰려면 없다

DARK STORY SERIES Ⅲ

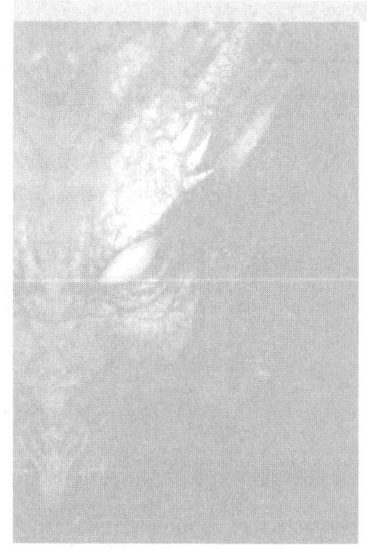

24

눈 뜨는 에는

묵향은 철영과 합류한 후, 곧바로 대별산맥으로 돌아왔다. 먼저 수하들을 보낸 후 철영과 묵향은 뒤로 처져서 뒤쫓는 적의 첩자들을 말끔히 정리해 버렸기에, 편복대주는 이번에도 묵향이 주력 부대를 어디에다가 감춰 두고 있는지 알아내는 데 실패했다.

대별산맥에 자리 잡은 마교의 거점은 토굴들로 이루어져 있다. 여기저기에다가 작게는 서너 명, 많게는 10여 명이 들어갈 수 있을 정도의 토굴들을 뚫어 놓은 것이다. 물론 그 안에 마교도들이 있을 때야 짙은 마기 때문에 누구라도 그들의 존재를 눈치 챌 수 있을 것이다.

하지만 지금처럼 모두 다 어딘가로 떠난 상태일 때는 입구만 잘 위장해 놓으면 이곳이 마교도들의 근거지인지 알아내기는 아주 힘들었다.

겉으로 봤을 때 근거지는 떠나기 전과 바뀐 게 하나도 없는 듯이 보였다. 하지만 근거지에 도착하자마자 마교도들은 적이 침입한 흔적이 있는지 철저하게 수색했다.

적이 들어왔을 때 흥미를 느낄 만한 것들을 일부러 여기저기에 숨겨 놨다. 침입자가 보라고 놔둔 문서들 사이에 눈에 띄지 않게 머리카락을 살짝 걸쳐 놨기에, 만약 다른 사람이 그걸 봤다면 바로 표시가 나도록 만들어 놓은 것이다.

"외인이 침입한 흔적은 없습니다, 대주."

그제야 한중평 장로는 휴식을 취하라고 명령했다. 그런 다음 묵향에게 다가와 보고했다.

"수하들에게 휴식을 취하라고 명령했고, 양양성에 기별을 넣어 관지 장로에게 의원들과 약재를 풍족히 보내 달라고 요청했습니다."

"잘했네. 참, 아버지의 행방은 찾아냈는지, 그것도 관지에게 물어봐."

"옛, 그렇게 하겠습니다."

묵향의 얼굴에는 전에 보이지 않던 짙은 피로감이 느껴졌다. 아마도 안전한 거점에 도착하자 마음이 놓이다 보니 그런 모양이다. 사실 이번 작전은 엄청난 고난의 연속이었으니까.

그걸 눈치 챈 철영은 한중평 장로에게 슬쩍 눈짓을 보내며 말했다.

"관지 장로에게서 연락이 올 동안 교주님께서도 잠시 휴식을 취하시지요. 나머지 일은 속하가 알아서 처리하도록 하겠습니다."

"고맙군. 그럼 부탁하네."

수하들을 내보낸 뒤 묵향은 자신의 토굴 안으로 들어갔다. 입구는 아주 작았지만 내부는 꽤나 널찍했다. 토굴의 구석에는 바짝 말려 놓은 건초를 두툼하게 깔아 놓은 다음, 그 위에 담요를 덮어 놨기에 제법 안락하다고 할 수 있는 잠자리였다. 아주 피곤했음에도 불구하고 묵향은 쉬 잠들지 못했다.

이리저리 뒤척거리던 묵향은 갑자기 벌떡 상체를 일으키며 투덜거렸다.

"젠장, 이놈의 빌어먹을 영감탱이는 도대체 어디로 간 거야? 꼭 필요할 때는 어디로 갔는지 찾을 수가 없으니……."

사실 아르티어스만 같이 있었다면, 만통음제가 어디에 있는지 찾아내는 건 그리 어려운 일이 아니었다. 광범위 수색마법을 통해 중원 전체를 뒤진다면, 화경급 고수 하나쯤 찾아내는 건 며칠 걸리지도 않을 테니 말이다.

물론 아르티어스야 과로로 인해 며칠 쭉 뻗어 버리겠지만……. 그건 묵향으로서는 알 바 아니었다.

그리고 무엇보다 지금 당장 아르티어스만 옆에 있다면 부상을 입어 신음하고 있는 수하들을 단번에 치료할 수 있었을 것이다. 연경에서 급하게 의원들을 붙잡아 응급처치를 하긴 했지만, 그런 것과 아르티어스의 마법은 비교조차 할 수 없지 않은가.

생각하면 생각할수록 아르티어스가 곁에 없다는 것이 아쉽게만 느껴지는 묵향이었다.

아무래도 잠이 안 왔기에 묵향은 생각을 바꿔 운기조식을 시작했다. 가부좌를 틀고 앉은 묵향은 격동되어 있던 마음을 차분히 가라앉혔다. 운기조식에 들어간 상황에서 잡념은 곧바로 주화입마로 연결되니까. 수하들에게 내색은 안 하고 있었지만 지금 묵향의 몸 상태도 썩 좋은 건 아니었다.

환혹파멸진이 폭발할 때 빠져나오면서 그도 사람인 이상 경미한 내상을 입을 수밖에 없었다. 그리고 내상을 치료하지도 못하고 곧바로 금군과 치열한 접전에 들어갔다.

외부의 기를 흡수할 수 있는 북명신공(北冥神功)을 익힌 초고수가, 한낮 무공도 모르는 병사들과 싸우는 게 뭐가 그렇게 힘들겠느냐는 생각이 들 수도 있겠지만 내공이라는 게 만능은 아니다.

사람을 움직이는 기본적인 힘은 근력에서 나온다. 그리고 그 근력을 떠받쳐 증폭시켜 주는 게 바로 내공인 것이다. 한두 명도 아니고 수만 명씩이나 되는 병사들을 죽이려 뛰어다니고 또 검을 휘둘러 대려면, 아무리 묵향급의 고수라고 할지라도 근육들이 비명을 지를 수밖에 없는 상황에 이르게 되는 것이다.

더군다나 상대는 일반인들이 아니라 전신을 든든한 갑주로 감싸고 있는 병사들이었다. 그것도 보통의 병사들보다 훨씬 더 무장이 잘 갖춰져 있는 근위병이었다. 그런 자들을 갑주째로 베어 버리려면, 강인한 근육의 힘은 물론이고 내공의 소모 또한 극심할 수밖에 없었다.

무엇보다 무공이라는 게 원래 강력한 능력을 지닌 소수를 상대하는 방향으로 발전한 것이지, 수만 명씩이나 되는 병사들을 학살하는 데 최적화되어 있는 건 아니다. 만약 그런 식으로 발전했다면 군부에서는 황궁 무예 따위를 발전시킬 게 아니라, 무림에서 가장 강력한 무공을 가져다가 사용했을 것이다.
　그만큼 무림에서 사용하는 무공과 다수를 살상하기 위한 무예는 그 가는 길이 다르다고 볼 수 있다.
　연경 전투 당시 번쩍 하며 묵혼검이 빛날 때마다 수십 가닥의 강기다발들이 뿜어져 나갔다. 뭐든지 못 깨뜨리는 게 없다는 강기인 만큼 강기가 부딪친 곳은 두부처럼 박살 나며 찢겨졌다. 사람이건 건물이건 벽이건 전각이건…….
　그 여파로 수많은 전각들이 먼지를 날리며 무너져 내렸지만, 사실 그 강기에 맞아 절명하는 병사들의 수는 그리 많지 않았다. 잘해 봐야 수십 명이었다.
　속마음 같아서는 이런 허약한 병사들과 싸우고 싶지 않았지만, 놈들이 끝까지 화살을 쏴 대며 전의를 불태우고 있으니 어쩔 수가 없었다. 부상을 입은 혈랑대원들을 보호하기 위해서라도 묵향은 쉬지 않고 검을 휘둘렀다.
　오랜 전투로 인해 지친 묵향은 근력이 바닥을 기자, 될 수 있으면 내공을 많이 사용하게 되는 커다란 기술들을 위주로 싸워야 했다. 소모된 내공은 북명신공을 통해 계속적으로 흡수할 수 있었으니까. 하지만 이런 단순한 땜질도 한두 번이지, 전투가 계속될수록 그의 몸에는 무리가 갈 수밖에 없었다.

결국 마교도들이 연경에서 찾아낸 의원을 통해 그럭저럭 치료받은 후, 완전히 철수를 완료할 수 있을 때까지 전투를 벌여 댄 묵향은 거의 탈진 직전까지 가 버렸다. 물론 겉으로 봤을 때는 멀쩡한 듯 보였지만, 몸 안은 무리한 내공의 운용으로 인해 완전히 엉망진창이 되어 있었던 것이다.

그리고 대별산맥에 돌아오는 동안에도 묵향은 잠시도 쉬지 않고 몸을 혹사했다. 묵향이 그토록 헌신적으로 움직여 줬기 때문에 더 이상의 희생자는 발생하지 않았다. 만약 그렇지 않았다면 더 많은 부하들이 부상에서 회복하지 못하고 죽었을 게 분명하다.

운기조식을 통해 일단 급한 내상을 치료한 묵향은 천천히 눈을 떴다. 아무도 없는 곳에 홀로 앉아 있자, 떠올리기 싫어도 이번 전투의 진행 과정이 머릿속을 스치고 지나갔다. 그것도 특히 자신이 생각하기 싫은 부분들이 더욱 또렷한 영상으로 몇 번씩이나 반복됐다.

자신이 성급하게 내린 결정으로 인해 아끼던 수하들이 어처구니없이 떼죽음을 당했다. 당연히 묵향의 마음은 참담할 수밖에 없었다.

처참한 모습으로 죽어 간 수하들이 떠오를 때마다 '조금 더 정보를 모은 뒤 들어가는 거였는데…', '놈들의 함정이 있을지 모르는 만큼 한꺼번에 움직이지 말고 분산해서 움직이는 거였는데…' 하는 자책이 꼬리에 꼬리를 물고 그의 마음을 뒤흔들었다.

한순간의 자만심에 대한 결과는 혹독한 것이었다. 그리고 후회만이 남았다. 자신을 믿고 따랐었던 수하들을 그토록 허무하게 잃었다는 것이.

순간 묵향의 눈에서 옅은 물기가 솟아올랐다. 하지만 그게 밑으로 굴러 떨어지지는 않았다. 자신도 모르게 눈물이 솟아난 건 사실이었지만, 묵향은 그걸 억지로 눌러 참았다. 겨우 수하 몇몇의 죽음으로 자신이 이토록 감상적이 되었다는 것 자체를 그는 절대 용납할 수 없었던 것이다.

대신 그는 자신의 모든 분노를 장인걸에게로 돌렸다.

"무슨 일이 있어도 네놈만은 용서할 수 없다."

잠시 생각에 잠겼던 묵향은 토굴 밖으로 나와서 한중평 장로를 찾았다.

"한중평 장로."

"옛, 교주님."

"지금 당장 총타에 기별을 넣어, 초류빈 부교주에게 염왕대와 자성만마대, 그리고 호법원 고수들을 몽땅 다 이끌고 이리로 달려오라고 해라."

갑작스런 묵향의 명령에 한중평 장로는 깜짝 놀라 급히 입을 열었다.

"예? 하지만 그렇게 하면 총타가 텅텅 비게 됩니다."

묵향은 아무렇지도 않다는 듯 대꾸했다.

"괜찮아, 원로원이 남아 있으니까."

"하지만 원로원은……."

"안 그래도 밥값도 못 하는 늙은이들잖아. 이렇게라도 써먹어야지."

그렇게 대꾸한 묵향은 시선을 돌려 한쪽에서 운기조식에 몰두하고 있는 정예무사들을 바라보며 중얼거렸다.

"겨우 4개 전투단 정도로 장인걸을 상대하려고 한 본좌가 어리석었어."

한중평 장로는 잠시 멍한 표정으로 서 있다 십만대산으로 전서구를 날리기 위해 급히 어딘가로 뛰어갔다. 드디어 마교의 존망이 걸린 전쟁이 시작되려는 순간이었다.

* * *

대별산맥에 도착한 지 3일쯤 흘렀을 무렵. 묵향은 언제나처럼 잠에서 깬 후 운기조식으로 하루를 시작했다. 불조차 밝히지 않았기에 토굴 안은 한 치 앞도 보이지 않을 정도로 칠흑처럼 어두웠다.

그런데 갑자기 굴 앞에 쳐 놓은 휘장이 젖혀지며 누군가가 들어왔다. 순간 감미로운 은방울꽃 내음이 토굴 안을 감돌며 지나간다.

묵향은 의아함을 느끼지 않을 수 없었다. 마교에서 이렇게 자신의 허락도 받지 않고 들어올 만한 사람은 마화뿐이었지만 마화가 풍기는 냄새와는 달랐으니까. 그는 급히 운기조식을 멈추고 눈을 떴다.

"이런, 마화 아냐?"

마치 김이 샜다는 듯한 목소리에 마화는 쌍심지를 돋우며 뾰족하게 외쳤다.

"아니, 그럼 누군 줄 알았어요?"

"그, 그게 냄새가 좀 달라서……."

순간 당황해서 얼버무리는 듯한 묵향의 말에 마화는 표정을 풀며 부드러운 목소리로 말했다.

"이런 때는 냄새가 아니라 향기라고 히는 거예요."

"그, 그런가?"

처음부터 꼬이다 보니 뭔가 대화의 주도권을 뺏긴 것 같다. 그렇기에 묵향은 재빨리 반격을 시도했다.

"그런데 무슨 일 때문에 온 거야? 묵사발이 난 후 얼마나 비참한 몰골을 하고 있는가 싶어 구경 온 거야?"

묵향의 가시 돋힌 말에 마화는 환하게 미소 지으며 대꾸했다.

"설마요. 제가 위로해 드릴 수만 있다면 얼마나 좋을까 해서 달려왔죠."

그렇게 말하며 마화는 들고 온 바구니를 토굴 한쪽 구석에 놨다. 입구를 막고 있던 휘장을 걷어 놨기에 미약하게나마 빛이 스며 들어왔다. 따라서 어두운 토굴 안이었지만 보는 데는 그다지 큰 지장이 없었다.

마화는 자리에 앉아 있는 묵향의 얼굴을 이리저리 둘러보더니 툭 내뱉었다.

"뭐야? 여기까지 달려올 필요도 없었잖아. 생각했던 것보다 평안해 보이네요?"

"괜한 걱정을 하는군. 본좌가 겨우 그까짓 일 때문에 의기소침해 있을 줄 알았나? 그런데 그건 뭐야?"

마화는 바구니 쪽을 힐끗 본 뒤 곧 대답했다.

"갈아입을 옷가지 좀 하고 천일취를 몇 병 가져왔어요. 교주님께서 가장 좋아하시는 술인 데다가 쉽게 구할 수 있는 것도 아니잖아요."

"쓸데없는 짓을 했군."

퉁명스런 묵향의 대꾸에도 마화는 미소를 잃지 않으며 입을 열었다.

"교주님께서는 여분의 옷 한 벌 정도도 안 가지고 다니시잖아요. 그리고 안 그래도 기분도 꿀꿀하실 텐데, 천일취 한잔하고 툭 털어 버리……."

"이런, 사람 잡을 아가씨로고. 천일취 가지고 그런 짓을 했다가는 제명에 못 죽지. 이 술이 얼마나 독한데."

"그런 말씀 마세요. 천일취 정도쯤 되지 않고서는 술맛조차 느끼지 못하시는 분이……. 한중평 장로님께서도 교주님께서 연경에서 돌아오신 다음 식사도 거의 하지 않으셨다고 많이 걱정하시던데, 마음이 불편할 때는 잔뜩 마시고 툭툭 털어 버리는 게 최고죠."

다정스런 마화의 말에 묵향은 무뚝뚝한 어조로 대꾸했다.

"마음이 불편한 게 아니라, 내 어리석음을 후회하고 있었지. 그리고 후회라는 것은 앞으로 절대 똑같은 짓을 반복하지 않겠다는 내 나름대로의 다짐이야. 그걸 술로 망각해 버리고 싶지는 않아."

마화는 빙그레 미소 짓지 않을 수 없었다. 자신이 사랑하는 묵향의 좋은 점이 바로 저것이었으니까.

"교주님께서는 정말 강한 분이세요."

하지만 묵향은 천천히 고개를 가로저었다. 그리고 그의 입에서는 씁쓸한 음성이 흘러나왔다.

"나도 내가 강하다고 생각했었지. 하지만 이번에 당해 보니 그것이 아니었어. 겨우 몇만 명일 뿐이었는데……."

"그건 신이라도 어쩔 수가 없었을 거예요. 너무 자책하지 마세요."

마화의 위로에 묵향의 얼굴에 희미한 미소가 떠올랐다.

"자책? 본좌는 자책하는 게 아냐. 사실을 말하는 거지. 그리고 다음에는 절대로 이런 일을 당하지 않을 거야."

묵향의 자신감 있는 말에 마화는 미소 짓지 않을 수 없었다.
"참, 그러고 보니 교주님께 좋은 소식이 있어요."
"뭔데?"
"소 소저께서 양양성에 도착하셨어요."
그 말에 묵향은 벌떡 일어서며 외쳤다.
"뭐야! 그럼 숙소는 괜찮은 데로……."
여기까지 말하던 묵향은 문득 떠올랐다는 듯 중얼거렸다.
"아니 참, 내 정신 좀 보게. 천지문으로 갔을 테니 그런 걱정까지 할 필요가 없겠군."
묵향이 토굴 밖으로 나오자 앞에서 대기하고 있던 무사들이 부복하며 외쳤다.
"교주님을 뵈옵니다!"
누군가 하고 묵향이 보니 그들의 가장 앞에 있는 자는 여문기였다.
"우호법이 아닌가? 자네가 여기는 웬일로……?"
"양양성까지 아가씨를 뫼시고 왔습니다, 교주님. 총단으로 돌아가기에 앞서 교주님께 임무를 완수했음을 고하기 위해 달려왔습니다."
"마침 잘 왔군. 안 그래도 대호법 이하 호법원 고수들을 몽땅 다 불러들인 상태니 말이야. 대호법이 올 때까지 여기서 기다리면 돼."
갑작스런 말임에도 불구하고 노련한 여문기의 표정에는 변화가 없었다. 그는 아무런 의문도 제시하지 않고 곧바로 대답했다.

"예."

"임무를 수행하느라 수고했을 테니 휴식을 취하도록 해. 한중평 장로에게 신고한 후 숙소를 배정받도록 하게."

"존명!"

여문기와 헤어진 묵향은 곧장 철영 부교주에게로 갔다. 마화가 양양성에서 의원들을 데려왔는지, 여기저기 낯선 인물들이 많이 보였다. 그들 중 일부는 한쪽 구석에 약탕기를 올려놓고 약을 달이고 있었다.

묵향은 철영 부교주가 기거하고 있는 토굴 앞에 서서 안쪽에 대고 말했다.

"본좌는 양양성으로 갈 테니 나머지는 자네가 알아서 처리하게."

철영 부교주는 급히 토굴에서 기어 나오며 말했다.

"지금 바로 가실 겁니까?"

"그래, 이곳을 잘 부탁하네."

"염려 놓으십시오, 교주님."

이번 일전을 통해 수하들을 단 한 명이라도 더 살리기 위해 최선을 다하는 묵향을 보고 그를 더욱 존경하게 된 철영이었다.

* * *

묵향이 양양성에 돌아오자 그를 가장 먼저 만난 것은 관지장로였다. 그리고 그다음으로 그를 찾은 건 소연과 현천검제였다.

소연은 천지문으로 돌아가지 않고 마교의 장원에서 현천검제와 함께 묵고 있었다. 자신을 여기까지 안전하게 데려다 주느라 수고해 준 현천검제를 홀로 놔두고, 천지문으로 쪼르르 달려갈 수 없었던 것이다. 물론 그동안 조령은 물론이고, 진팔 등과는 따로 만나 재회의 인사를 나누기는 했지만 말이다.

문이 열리며 소연과 현천검제가 방 안으로 들어왔다. 물기가 가득한 눈길로 멍하니 묵향을 바라보던 소연은 갑자기 제정신이 돌아왔는지 급히 고개를 조아렸다.

"소연이 아버님을 뵈옵니다."

아버님이라는 말에 묵향은 흠칫했다. 그토록 비밀로 했건만, 막상 그녀에게서 아버님이라는 말을 들으니 가슴이 찡했던 것이다.

1백 년 가까운 세월을 살아오며 감정이 무뎌질 대로 무뎌졌다고 생각했는데, 겨우 아버지라는 말 한마디에 이토록 가슴이 저릴 줄은 묵향도 상상조차 하지 못했다.

"……."

뭔가 말을 해야 함에도 목구멍이 꽉 막힌 듯 목소리가 나오지를 않는다. 대신 묵향은 소연을 꽉 끌어안아 줬다. 다시 찾은 딸에 대한 깊은 사랑으로…….

 잠시 시간이 흐른 뒤, 묵향은 소연의 전신을 살펴보며 물었다.

 "그래, 부상을 입은 곳은 모두 회복했느냐? 어디 아픈 데는 없고?"

 단순한 몇 마디였지만 소연은 그 말 속에 자신에 대한 묵향의 깊은 정을 느낄 수 있었다.

 "예, 염려해 주신 덕분에 아주 건강하답니다."

 "자, 이럴 게 아니라 어서 자리에 앉거라."

 묵향은 뒤에 서 있는 마화에게 말했다.

 "술…, 아니 차가 있나?"

 습관적으로 술이라는 말이 튀어나오자 적이 당황해하는 묵향이었다.

 "준비해 오겠습니다."

 마화는 생긋 미소 지으며 밖으로 나갔다.

 마교의 장원에는 단 한 명의 하인이나 하녀도 없다. 밥을 짓는 것부터 시작해서 빨래까지 모든 걸 자신들이 직접 알아서 처리했다.

 그 때문에 편복대주가 여기저기에 첩자들을 집어넣었음에도 불구하고, 바로 이곳 마교만큼은 손을 대지 못했던 것이다. 누구 한 명을 죽여서 얼굴 가죽을 벗겨 집어넣는다고 해도 곧바로 들통 날 게 뻔했으니까.

　잠시 후, 마화가 손수 끓여 온 차를 마시며 부녀는 너무나도 오랫동안 정체되어 있었던 정을 나눌 수 있었다. 과거 살아온 얘기, 그리고 어머니에 대한 추억담 등등……. 둘의 얘기는 끝도 없이 이어졌다.

　현천검제는 감히 둘의 대화에 끼어들 엄두도 내지 못하고 옆에 찌그러져 경청만 했다. 하지만 그것만으로도 그에게는 꽤나 의미 있는 시간이었다. 사형에 대해 지금까지 알지 못하고 있었던 것들을 알게 된 소중한 시간이었기 때문이다.

　소연의 얘기를 종합해 보면 역시 사형은 겉보기와 달리 정이 깊은 인물임에 틀림없었다.

　오랜 시간이 흐른 후에야 현천검제는 묵향과 제대로 된 얘기를 나눌 수 있는 시간을 가질 수 있었다. 그는 먼저 소연을 돌려보낸 후 묵향에게 말했다.

　"오랜만입니다, 사형."

　묵향은 현천검제의 손을 잡으며 따뜻한 어조로 말했다.

　"먼 길, 딸아이를 보호해 줘서 고맙구나. 네가 함께 오고 있는 줄 알았다면 한결 마음을 놓았을 텐데……."

　지금까지 보지 못했던 또 다른 묵향의 인간적인 모습에 현천검제의 입가에도 흐뭇한 미소가 어려 있었다.

　"질녀의 무공도 어디 내놔도 부끄럽지 않을 정도던데, 소제가 한 게 뭐가 있다고 그러십니까? 그런 말씀 마십시오."

"아니야, 고마운 건 고마운 거야. 그런데 패력검제는 함께 오지 않았나?"

"오던 도중에 갑자기 무슨 볼일이 있다면서 헤어졌습니다."

"흠, 그랬단 말이지?"

묵향의 안색이 싸늘하게 굳어 버리자 현천검제는 황급히 변명을 늘어놨다. 며칠 함께 여행한 패력검제가 이런 사소한 일로 무섭기 그지없는 사형의 노여움을 받게 되는 걸 원치 않았기 때문이다.

"그분도 호법원에서 10여 명의 고수를 보내 경호를 해 주고 있음을 알고 안심하고 떠난 것이겠지요."

"맞아, 우호법이 호위했었다고 했지……. 그런데 지금 생각해 보니 대호법도 참 눈치가 없군. 기왕에 보내려면 확실히 할 것이지, 겨우 열한 명이라니. 쯧쯧."

사랑에 눈이 멀면 맹목적이 된다고 했던가. 사실 현천검제 한 사람만 옆에 붙어 있어도 현 무림에서 감히 그녀를 건드릴 사람이 없을 텐데, 이런 말도 안되는 투정을 부리고 있는 것이다.

"그런 말씀 마십시오. 처음에는 1백여 명쯤 왔었는데 질녀가 돌려보냈으니 말입니다. 질녀는 정파에서 성장했습니다. 그런 그녀 주위에 마기를 풀풀 풍기는 자들이 떼거리로 따라다니면 질녀의 마음이 편할 거라고 생각하십니까?"

"흠, 그건 그렇군."

개똥도 약에 쓰려면 없다

일단 수긍한 묵향은 화제를 다른 데로 돌렸다.
"그나저나 이제 몸은 완전히 완쾌된 거냐?"
그 말에 현천검제는 정중하게 포권을 하며 묵향에게 감사를 표했다.
"예, 모두 사형 덕분입니다."
"덕분은, 결국 따져 보면 나 때문에 그렇게 된 것을……."
"그리고…, 화산파를 놔두신 것…, 그 또한 감사드립니다."
묵향은 별것 아니라는 듯 대꾸했다.
"너를 위해 놔둔 게 아니다. 괜히 불을 질러서 화산파에 변고가 생겼다는 사실을 주위에 알릴 필요가 없다는 판단에서였으니까. 덕분에 십만대산까지 편하게 돌아올 수 있었지."
말은 이렇게 하고 있지만 현천검제는 묵향이 자신을 위해 마음을 써 준 것이라는 것을 결코 모르지 않았다.
"이런 말씀드리면 어떻게 생각하실지 모르겠지만…, 사형께서 저를 필요로 하지 않으신다면 화산으로 돌아가 후진을 양성하는 데 남은 여생을 보내고 싶습니다. 다시 한 번 삶을 살아갈 수 있는 기회를 준 사형의 은혜에 보답해야겠지만, 화산파 장문인으로서의 의무 또한 저버릴 수는 없습니다. 은혜도 모르는 놈이라고 욕하셔도 어쩔 수 없습니다. 하지만 제가 장문으로 선택되었을 때, 조사님들의 영전에서 한 맹세를 어찌 저버릴 수가 있겠습니까? 만약 화산파가 멸문당했다면 모르되, 소수이긴 하나 아직 명맥을 이어 나가고 있는데……."

묵향의 눈치를 보며 어렵게 꺼낸 말이었지만, 의외로 묵향은 생각할 필요도 없다는 듯 단숨에 대답했다.
"네 생각이 그렇다면 말리지는 않겠다. 네가 꼭 필요한 것도 아니니까."
현천검제가 큰 힘이 될 걸 잘 알면서도 묵향이 선선히 허락한 것은 그가 남에게 아쉬운 소리를 하는 성격이 아니기 때문이다. 사실, 그 혼자의 힘으로 모든 걸 헤쳐 나갈 자신도 있었다. 지금까지 그렇게 해 왔듯이. 하지만 받아들이는 입장은 달랐다. 생각 외로 묵향이 쉽게 승낙을 하자 현천검제는 감격하지 않을 수 없었다. 그도 눈이 있고 귀가 있다.
현재 마교가 처한 상황이 어떤지 뻔히 아는데, 자신과 같은 초절정고수가 필요하지 않을 리 없다. 그럼에도 묵향이 이런 식으로 말한 건 자신의 마음을 편하게 해 주려는 배려라고 생각한 것이다.
"그렇게 생각해 주시니 감사합니다, 사형."
"단, 조건이 하나 있다."
"말씀하십시오."
"중립을 지키겠다고 약속해 다오."
묵향의 말에 현천검제는 처연한 표정으로 입을 열었다.
"화산파는 현재 완전히 무너져 사형께서 신경 쓰실 필요조차 없······."
하지만 묵향의 태도는 단호했다.

"약속해라. 너를 죽이고 싶지 않아서 하는 말이다. 화산파가 정파에 남아 있는 한 언젠가는 충돌할 수밖에 없을 테고, 그렇게 되면……."

그제서야 현천검제는 묵향이 왜 자꾸 중립을 지킬 것을 요구하는지를 깨달았다. 말투는 죽이고 싶지 않다는 식이었지만, 그 이면에 감춰져 있는 자신을 걱정하는 따스한 마음을 느꼈던 것이다.

"봉문한 후 다시는 무림에 나오지 않겠습니다."

"그 약속이면 충분하다."

그 말을 끝으로 이제 더 이상 할 말이 없다는 듯 묵향은 시선을 창밖으로 돌려 버렸다. 잠시 멍하니 서 있던 현천검제는 묵향이 더 이상 아무런 말도 하지 않자, 천천히 몸을 돌려 주춤주춤 밖으로 걸음을 옮기기 시작했다. 문을 열고 밖으로 나가려는 순간, 무심한 듯한 묵향의 목소리가 들려왔다.

"이번 일이 해결되면 찾아가마. 사부님과 함께 술이라도 한잔하자꾸나."

"예, 사형."

문득 뒤돌아보니 묵향은 의자에 몸을 파묻고 지그시 눈을 감고 있었다. 그런 그가 자신을 다시 볼 리도 없건만 현천검제는 정성을 다해 깊숙이 고개를 조아렸다. 가는 길이 다를 뿐, 그는 정말 존경해 마지않는 그의 사형(師兄)이었으니까.

눈에는 눈, 이에는 이

DARK STORY SERIES III

24

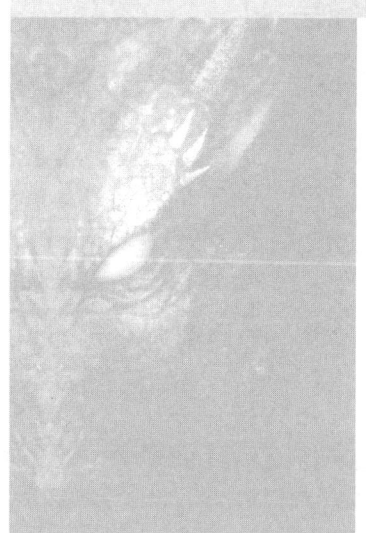

눈에는 눈

철영이 끌고 온 2개 전투단에 꽤나 커다란 타격을 가했을 뿐 아니라, 습격해 온 적의 전력에 비했을 때 자신이 입은 피해는 상대적으로 적었기에 장인걸은 꽤나 기분이 좋았다.

 더군다나 그 불쾌하기 짝이 없는 꼬락서니를 하고 있던 옥관 패 놈까지 처치해 버렸으니 더욱 기분이 좋았는지도 모른다.

 그러던 와중에 연경에서 구양운 장로가 1천에 달하는 고수들을 이끌고 탈출해 왔다. 그의 전과를 보고받은 장인걸은 너무나도 기분이 좋아 즉석에서 주연(酒宴)을 베풀었을 정도다.

 군중이라 무희(舞姬)를 불러들일 수 없다는 점이 아쉽기는 했지만, 몇몇 고수들이 지닌 바 무공을 자랑하며 흥취를 돋웠다. 묵향을 없애지 못한 게 아쉬울 따름이었지만, 놈이 이끄는 최정예를 절진으로 끌어들여 거의 몰살시켜 버렸다고 하니 축배를 들지 않을 수 없었던 것이다.

 하지만 그렇게 좋던 그의 기분이 나락으로 떨어지는 데는 채 며칠도 걸리지 않았다. 혼전의 와중에 황제가 행방불명되었다는 편복대의 보고를 전해 들은 장인걸은 경악하지 않을 수 없었다. 그는 즉시 구양운 장로 이하 소수의 수하들만을 거느린 채 연경으로 달려갔다.

연경에 도착한 장인걸은 묵향 일당이 저질러 놓은 참상에 놀라움을 감추기 힘들었다. 근위병들과 대대적인 전투를 벌이는 과정에서 봉황로를 중심으로 연경의 4분에 1에 가까운 면적이 불에 탔다.

그 와중에 수많은 백성들은 물론이고, 고관대작들까지 막심한 피해를 입었다. 놈들의 무자비한 공격에 재수 없게 휩쓸리면 그걸로 생을 마감해야만 했던 것이다.

장인걸은 일단 구양운 장로가 황제를 민가 쪽으로 피신시켰다고 했기에 그 일대의 폐허들을 집중적으로 파헤치도록 지시했다. 그러는 와중에도 사방에 널려 있는 시체들을 치우는 작업을 병행해야만 했다.

너무나도 많은 사람이 죽었고, 무엇보다 사지가 뒤틀린 채 고통스런 얼굴로 죽은 근위병들의 시체가 온 사방에 널려 악취가 진동을 했기 때문이다.

참혹하기 이를 데 없는 광경이었지만 장인걸은 이런 모습에 새로운 가능성을 깨달았다.

"혹시 제령단을 사용했나?"

장인걸의 물음에 구양운 장로는 고개를 조아리며 대답했다.

"예, 교주님. 될 수 있으면 사용하지 말라는 지시를 받았으나, 속하의 얕은 소견으로는 병사들이 겁에 질려 날뛰면 도저히 제대로 된 전투를 진행할 수 없다고 판단하여, 제령단을 병사들에게 배포하라고 지시를 내렸사옵니다."

"흠, 이게 바로 제령단의 힘인가?"

혈교도 제령단을 사용하기는 했었지만, 이렇듯 중무장을 한 군인들을 대상으로 하지는 않았다. 기껏해야 죽창이나 낫, 도끼 따위를 든 백성들을 이용했을 뿐이다.

그렇기에 장인걸은 제령단을 후유증만 심한 형편없는 약물쯤으로 생각하고 있었다. 그 때문에 편복대주가 제령단을 양산하겠다고 말을 꺼냈을 때도 괜한 짓을 한다고 생각했을 정도다.

그런데 오늘 전투의 흔적을 보니 그게 아닌 것이다. 장인걸은 얼마나 치열한 전투가 벌어졌는지 마치 그 당시 이 자리에 있었던 것처럼 짐작할 수 있었다. 뭘 생각했는지 혀를 끌끌 차던 장인걸은 옆에 서 있는 구양운 장로에게 슬쩍 물었다.

"자네 중무장한 병사 1천 명과 싸워 승리할 수 있겠나?"

갑작스런 질문에 구양운 장로는 어리둥절했지만 주저하지 않고 곧바로 대답했다.

"쉬운 일이옵니다, 교주님. 몇 명만 죽여 없애도 나머지는 다 도망칠 게 뻔하지 않사옵니까?"

"만약 그들에게 제령단을 먹였다면 어떻겠나?"

이번에는 조금 어려운 문제였는지, 구양운 장로는 바로 대답하지 못했다.

"어렵기는 하겠지만……."

"그렇다면 병사들이 1만 명이라면?"

"……."

구양운 장로는 대답할 수 없었다. 자신이 없다고 말이다. 하지만 그때 구양운 장로도 깨달았다. 그 엄청난 대폭발에서 탈출한 묵향 이하 마교도들의 몸 상태를 추정해 본다면, 제령단을 복용한 5만에 달하는 근위병들과의 싸움은 그야말로 그들을 극한의 상황으로까지 몰아붙였을 거라는 걸 말이다.

그렇다고 그들이 전투를 피해 도망칠 수도 없었다. 중상자들이 워낙 많았을 테니까. 물론 그 중상자들을 모두 포기한다면…, 그랬다면 이토록 처절한 전투가 연경 시내에서 벌어지지도 않았을 것이다.

장인걸은 씁쓸한 어조로 말했다.

"자네는 탈출할 게 아니라 여기 남아 동정을 살폈어야 했어."

"……."

구양운 장로는 아무 말도 못하고 고개를 푹 숙였다. 장인걸은 아쉬움에 혀를 차면서도 계속 입을 열었다.

"쯧쯧, 근위병들과의 전투에 지친 그들을 덮쳤다면, 어쩌면 놈의 목을 벨 수도 있었을 거라는 생각이 불현듯 드는군."

충분히 가능한 말이다. 일반 병사들은 얼마든지 있었다. 제령단을 복용하여 두려움과 공포를 잊은 병사들을 앞세워 끝없이 압박하다 보면, 놈들을 전멸시키는 것도 어렵지는 않았을 것이다. 놈들이 신이 아닌 이상 치열한 전투에 언젠가는 지칠 것이고, 무엇보다 놈들은 모두 다 크고 작은 부상을 입지 않았던가.

구양운 장로는 자신이 평생 한 번 찾아올까 말까 한 기회를 어이없이 놓쳤음을 깨달았다.

"속하의 우둔함을 용서하여 주시옵소서."

침울한 표정으로 고개를 숙이는 구양운 장로의 모습에 장인걸은 아쉬운 표정을 애써 감추며 입을 열었다.

"아닐세. 제령단의 위력을 확실히 알 수 있었던 것만으로도 충분히 소득은 있었던 일전이었네."

이미 끝난 일을 가지고 계속 수하를 책망하기 뭐해 이런 식으로 말하는 장인걸이었지만, 그의 가슴에는 진한 아쉬움이 자리 잡고 있었다.

연경에서의 시가전이 남긴 피해 중에서 가장 큰 것은 채 피신하지 못한 수많은 고관대작들이 난전의 와중에 목숨을 잃었다는 것이다. 한마디로 국가의 중추를 맡고 있던 인재들이 송두리째 날아가 버린 것이다.

병사들도 많이 죽었지만 그건 다시 징집하면 그만이다. 하지만 국정을 운영하던 이들의 빈자리는 그렇게 쉽게 메울 수 없었다.

더군다나 이런 혼란을 틈타 권력을 쥐어 보겠다고 기어 나오는 놈들로 인해 장인걸은 더욱 미칠 지경이었다. 지방에서 계집 엉덩이나 두드리고 있던 놈들이 어떻게 연경 참사의 소식을 알았는지, 연경으로 달려와 은근슬쩍 주저앉아 세를 불리기 시작한 것이다.

아구다 황제에게는 세 명의 아들이 있었다. 물론 예전에는 몇 명 더 있었지만 권력의 암투 중에 사라져 갔고, 지금은 세 명만이 살아남았다.

황제가 실종되자 권력의 냄새를 맡은 간신배들은 그 황자들에게 빌붙었고, 그들은 각자 마치 자신이 황제라도 된 듯 거들먹거리며 노골적으로 세력전을 펼치기 시작했다. 아직 황제의 시신도 찾아내지 못한 상황에서 말이다.

성질 같아서는 몽땅 다 목을 베어 버리고 싶었지만 차마 그럴 수는 없었다. 그놈들의 중심에는 아구다 황제의 부인들과 아들들이 있었으니까. 아무리 무소불위의 권력을 쥐고 있는 장인걸 대원수라고 해도 황족만은 함부로 손을 댈 수 없었던 것이다.

수색을 시작한 지 며칠 지나지 않아 장인걸의 정신이 아득해질 비통한 보고가 전해져 왔다. 드디어 황제의 시신을 발견했다는 것이다.

불에 반쯤 타 버렸기에 생전의 모습을 알아보기는 어려웠지만, 시체가 지니고 있는 소지품을 통해 그가 황제라는 사실을 알아냈던 것이다.

　보고를 받은 장인걸은 처음에는 멍하니 있다, 갑자기 가슴을 움켜쥐며 한 서린 신음 소리를 흘려냈다.

　"크흐흑! 벗이여, 그토록 자네가 살아 있기를 바랐건만……. 이런 망할 새끼! 네놈이 끝까지 나를 괴롭히는구나."

　장인걸은 친우의 죽음에 비통함을 금치 못했지만, 편복대주는 냉철하게 작금의 현실을 분석하기 시작했다. 장인걸이 황제의 죽음 때문에 정신을 못 차리고 있는 사이, 만약 장인걸과 사이가 좋지 못한 아구다의 아들들 중 하나가 황제로 옹립되기라도 하면 큰일인 것이다.

　편복대주는 장인걸의 안색을 살피며 조심스럽게 말했다.

　"황제 폐하의 죽음에 슬퍼하시는 교주님께 이런 말씀을 드리기는 송구스러우나, 지금은 새로운 황제를 옹립하는 일에 전력을 다해야 할 때이옵니다."

　너무나도 기가 막힌 탓이었는지 장인걸은 평소와 달리 절제력을 잃어버리고 버럭 고함을 질렀다.

　"크윽! 비명에 간 친우를 위해 술 한 잔 바칠 시간조차 낼 수 없다는 말이냐?"

　"송구스럽지만 시기가 너무 좋지 않사옵니다."

　편복대주의 말에 장인걸은 냉정을 되찾았다. 힘이 있어야 복수도 할 수 있는 법이다. 그리고 장안걸에게 있어서 가장 큰 힘은 금나라였다.

묵향에 대한 복수심에 이를 으드득 갈며, 장인걸은 차가운 표정으로 편복대주를 향해 입을 열었다.

"본좌가 해야 할 일이 뭐냐?"

"지금 당장 우퀴마이(吳乞買) 발극렬(勃極烈)을 만나시는 게 좋겠사옵니다."

완옌 우퀴마이는 아구다의 동생이었다.

"그의 아들들이 없는 것도 아닌데 우퀴마이를 황제로 삼자는 말이냐?"

"황자들은 교주님을 좋아하지 않사옵니다. 예전부터 교주님께 너무 많은 권력을 주는 게 아니냐고, 걸핏하면 선황제께 푸념하지 않았사옵니까? 그들 중 하나가 황제가 된다면 사사건건 간섭해 올 게 뻔하옵니다. 그리고 이러저러한 명목을 들어 교주님의 권력을 축소하려고 들겠지요."

지금까지 봐온 황자들을 떠올리자 그럴 가능성이 아주 컸다. 잠시 생각에 잠겼던 장인걸은 이윽고 마음을 굳혔는지 편복대주에게 명령을 내렸다.

"알겠네. 지금 당장 우퀴마이 발극렬에게 사람을 보내어, 오늘 밤 은밀히 본좌가 만났으면 한다고 전하도록 하게."

"존명!"

고개를 조아린 후 밖으로 나가려고 하던 편복대주는 문득 무슨 생각이 떠올랐는지 다시금 뒤돌아왔다.

"묵향 그놈에 대한 복수는 속하에게 맡기시고, 교주님께서는 혼란한 정국을 최대한 빨리 수습하시는 데 전념을 다하시옵소서."

그 말에 뭔가 느껴지는 게 있었는지, 장인걸은 기대에 찬 시선으로 편복대주를 바라보다 고개를 돌려 창밖을 보았다. 비록 최측근이라고 할 수 있는 편복대주지만 복수심이라는 감정에 휘둘리는 자신의 모습을 수하에게 보이기 싫었던 것이다.

"그게 무슨 말이냐?"

"눈에는 눈이라고 했사옵니다. 놈이 교주님의 가장 아끼시는 친우를 죽음으로 몰고 간 만큼, 교주님께서도 놈이 가장 아끼는 것을 없애는 것이 가하지 않겠사옵니까?"

그 말에 장인걸의 고개가 편복대주에게로 획 돌아갔다. 그의 두 눈은 분노로 붉게 불타고 있었다.

"놈이 가장 아끼는 것?"

"예, 천지문에 있다는 놈의 딸을 납치하는 것이옵니다. 만통음제를 이쪽에서 잡고 있다는 말에 그토록 이성을 잃었으니, 딸을 납치해 온다면 과연 어떻게 되겠사옵니까?"

순간, 장인걸의 눈동자가 무시무시한 광채를 뿜었다. 지금 심정 같아서는 묵향에게 복수만 할 수 있다면 자신의 손이나 다리를 잘라 달라고 해도 서슴없이 주고 싶은 장인걸이었다.

"크크크, 그거 아주 좋은 생각이로군."

잠시 묵향이 딸을 잃고 괴로워하는 모습을 떠올리며 흡족한 웃음을 터트리던 장인걸은 불쑥 편복대주에게 질문을 던졌다.

"그놈이 자신의 딸내미에 대한 방비를 소홀히 하지 않고 있을 텐데, 자신 있느냐?"

송나라의 핵심 전력이 몰려 있는 곳이 바로 양양성이다. 그리고 납치하려고 하는 소연이 있는 곳도 양양성이다. 그 말은 곧 소연을 납치한다는 것이 그렇게 녹록하지 않다는 뜻이었다.

그럼에도 불구하고 편복대주는 뭔가 복안이 있다는 듯 자신에 찬 얼굴로 고개를 조아렸다.

"물론이옵니다, 교주님. 대신 한 가지 허락을 해 주셔야 할 게 있는데……."

*   *   *

그 무렵 묵향이 갑작스럽게 일으킨 대규모 전투에 대한 정보를 입수한 옥화무제는 허탈감을 감출 수가 없었다. 교주가 뭔가 일을 꾸미고 있다는 건 진작에 눈치 채고 있었지만 설마 연경을 칠 줄이야…….

"이, 이게 사실인가요?"

"틀림없는 사실입니다, 태상문주님. 교주가 직접 '1종대'를 이끌고 연경을 쳤다고 합니다. 연경의 중심가인 봉황로 일대가 완전히 잿더미로 화했고, 미처 피신하지 못해 죽은 고관대작도 한둘이 아니라고 합니다. 그리고 확실하지는 않지만 황제까지 참살당했다는 정보도 있었습니다."

놀라움에 옥화무제의 커다란 눈이 조금 더 커졌다.

"황제까지 말인가요?"

"예."

옥화무제는 골치가 아픈지 관자놀이를 지긋이 문지르며 중얼거렸다.

"특급살수 몇 명 정도 보낼 것이라고 생각했었는데 완전히 뒤통수를 얻어맞은 기분이네요. 지금까지 들어온 정보를 종합해 보면 처음부터 황제를 노린 것이었어요. 하긴 그랬으니 황제에 대한 정보를 원했겠지만……."

그 말에 총관은 놀라움을 감추기 힘든 모양이다.

"그렇다면 황제가 죽었다는 게 사실이란 말씀이십니까?"

"그럴 가능성이 크다는 말이에요. 교주가 어떤 인간인데 설마하니 그냥 돌아왔겠어요?"

이렇게 대답한 옥화무제는 갑자기 아름답게 세공된 부채를 꺼내 살랑살랑 부치며 계속 말을 이었다. 내색하지는 않았지만 마교의 단독 행동에 열기가 치미는 모양이다. 한마디만 언질을 해 줬어도 이렇게까지 화가 나지는 않았을 텐데…….

"며칠 전 마교의 '2종대'와 '3종대'가 남양에서 격전을 벌이고 있다는 정보가 바로 그 때문인 게 분명해요. 그러니까 연경을 치기 위한 양동 작전인 셈이죠. 장인걸이 연경 쪽으로 움직이지 못하도록……."

그러자 도저히 이해할 수 없다는 듯 총관은 고개를 갸웃하며 의문을 표시했다.

"그 정도 전력을 투입할 거면서 왜 무림맹 쪽에는 협조를 구하지 않았을까요? 그게 참으로 이상합니다."

그 말이 나오자마자 '우직' 하는 소리와 함께 옥화무제의 손에 쥐고 있던 부채가 박살이 나 버렸다. 짜증이 난 옥화무제가 자신도 모르게 손에 힘을 준 것이다.

"한마디라도 이쪽에 언질을 줬다면 장인걸에게 심대한 타격을 줄 수 있었는데……."

그녀가 아쉬워하는 것은 바로 빈집털이였다. 장인걸의 모든 이목이 연경과 남양에 쏠려 있었기에, 그의 주력이 빠져나간 노하구는 그냥 방치되어 있었다.

따라서 마교와의 전투가 벌어졌을 때 양양성의 무림인들을 동원해 노하구를 치기만 했어도 손쉽게 엄청난 전과를 거둘 수 있었을 게 아닌가.

이런 절호의 기회를 두 눈 빤히 뜨고 그냥 놓친 옥화무제는 아쉽다 못해 화까지 치밀었다. 한참 동안 씩씩거리던 옥화무제는 갑자기 뭔가 생각이 난 듯 총관에게 물었다.

"무림맹에는 알렸나요?"

"예, 태상문주님. 문주님께서 정보를 입수하는 즉시, 무림맹에 알리라는 명령을 내리셨다고 합니다."

그제서야 옥화무제는 썩은 미소를 지으며 이죽거리기 시작했다.

"호호, 보고를 받은 맹주의 얼굴을 직접 보지 못하는 게 정말 아쉽군요. 내가 그렇게 왜군을 건드리지 말라고 조언했는데……."

*　　*　　*

옥화무제의 예상대로 그 보고를 접한 맹주의 얼굴은 그야말로 똥색으로 변해 있었다.

"뭣이? 그 말이 정녕 사실이란 말이냐?"

노성을 지르는 맹주의 수염이 방금 자신이 들은 보고 내용을 도저히 믿지 못하겠다는 듯 부르르 떨렸다.

보고를 올리던 감찰부주는 고개를 푹 숙이며 입을 열었다.

"예, 맹주님. 처음 그 정보를 보내온 곳은 무영문이었는데, 워낙 정보의 내용이 황당하여 이게 사실인지 알아 보라고 지시했었습니다. 그런데 하루도 채 안되어 개방 쪽에서도 같은 보고가 올라왔습니다. 양쪽의 정보를 종합해 보면 연경의 절반이 날아갈 만큼 엄청난 전투였다고 합니다. 당시 전투로 인해 금의 중추를 이루고 있던 대신(大臣)들까지도 상당수 죽었다고 합니다. 그리고 무영문 쪽의 정보에 따르면 어쩌면 황제까지도 전란의 와중에 사망한 것이 아닌가 추측된답니다."

그러자 청호진인이 고개를 갸웃거리며 입을 열었다.

"아니, 사제. 마교에서 황제를 암살할 거라는 정보까지 금나라에 은밀히 흘려줬건만, 어떻게 이런 일이 일어날 수 있지? 혹시 정보가 제대로 그리 흘러가지 않은 게 아닌가?"

"교활하기 짝이 없는 마교 놈들이 남양의 식량 저장고를 치는 척하며 장인걸의 시선을 잡아 놓고는 그사이에 연경을 급습했다고 합니다."

"아무리 그렇다고 해도 어지간한 전력으로는 연경 공략이 힘들었을 텐데……."

"지금까지 들어온 정보에 의하면 마교 교주가 직접 이 작전에 나섰을 뿐만 아니라 특급 고수만 2천 명 이상이 동원된 듯합니다. 금나라가 큰 피해를 입었듯 마교 쪽 또한 그 피해가 상당하다고 합니다."

그 말에 청호진인은 어이가 없다는 표정으로 중얼거렸다.

"허, 도대체 교주 그놈이 미친 게 아니라면 어떻게 그런 일을?"

청호진인이 어이없어 할 만도 했다. 사실 그 정도 규모의 대규모 전투를 계획하고 있었다면, 단독으로 할 것이 아니라 무림맹에 협조를 구했어야 옳았다. 그편이 훨씬 피해가 적을 건 당연한 이치니 말이다.

그럼에도 불구하고 마교가 혼자 움직인 것은 그 피해를 모두 감수하겠다는 의지였다. 더군다나 사지(死地)라 할 수 있는 연경에 교주가 직접 뛰어들었다고 하지 않는가. 그러니 도저히 이해할 수 없다는 듯 청호진인이 고개를 내젓는 것도 당연했다.

그러자 한쪽에서 잠자코 말을 듣고 있던 만수진인이 입을 열었다. 왜군을 전멸시키고 돌아온 그는 혹시 있을지도 모를 마교의 반격에 대비해 무사들을 해산시키지 않고 맹에서 대기 중인 상태였다.

"아니, 사형들. 마도 놈들끼리 서로 치고받고 싸웠는데 뭘 그렇게 심각하게 생각하십니까? 양쪽 다 심각한 피해를 입었다면 오히려 우리 쪽에서는 좋아해야 할 일이 아닙니까?"

감찰부주는 눈살을 찌푸리며 입을 열었다.

"사제, 우리 정파의 근간이 뭐라 생각하는가?"

갑작스런 질문에 만수진인은 머리를 긁적거리며 대답했다. 너무나도 뻔한 질문이라 대답하기가 오히려 곤란했던 것이다.

"정(正)과…, 협(俠)이 아닐는지요."

"협의니 정의니 말들 하지만 가장 중요한 것은 바로 대의명분(大義名分)일세. 현재 이 상황은 마교가 피 흘리며 공을 세우고 있을 때, 우리는 그런 동맹군의 뒤통수나 치고 있었다는 말이 되네. 내 말이 무슨 뜻인지 알겠는가?"

두 사람의 대화를 듣던 맹주는 한숨을 내쉰 뒤 입을 열었다.

"이 소식이 밖으로 퍼져 나가지 못하도록 정보를 통제할 수는 없겠는가?"

하지만 감찰부주는 어두운 안색으로 대답했다.

"아무래도 힘들 것 같습니다, 맹주님. 전투가 벌어진 연경은

본맹의 힘이 전혀 미치지 못하는 곳입니다. 아무리 정보를 틀어막으려고 해도 전혀 방법이 없습니다."

극소수만이 알고 있는 특급정보라면 오히려 틀어막는 게 쉬웠다. 그걸 알고 있는 사람들을 회유하거나, 그게 힘들면 없애 버리면 되니까.

하지만 연경에는 수많은 사람들이 살고 있었고, 또 그동안 연경을 들락거린 사람도 헤아릴 수 없을 만큼 많을 텐데 그들을 모두 어떻게 처리한단 말인가?

"허허, 이거 참…, 일이 참으로 난감하게 되었구나. 그렇다면 마교의 반응은 어떻던가?"

무림맹에서 무사들을 보내 왜군을 친 것을 말하는 것이었다.

"이상하게도 아직까지 아무런 반응도 없습니다."

사실은 마화가 의도적으로 묵향에게 전해지는 정보를 차단해 버려 아직까지 왜군에 대한 일을 보고하지 않고 있었다. 하지만 그걸 모르는 무림맹으로서는 아무런 반응도 보이지 않고 있는 마교의 태도에 답답함을 금치 못하고 있었다.

무슨 반응을 보여야 적절한 대처를 할 수 있을 게 아닌가. 동맹 관계를 깨고 적으로 돌아서든지, 아니면 황실의 압력에 어쩔 수 없었노라고 정중하게 사과를 하든지 말이다.

한동안 회의를 계속하긴 했지만 마교의 반응을 기다리는 것 외에는 아무런 방법이 없었다. 회의가 끝난 뒤 사람들이 모두 밖으로 나가자 맹주는 머리가 아픈지 이마를 짚으며 신음성을 흘렸다.
"끄응, 이 일을 어찌하면 좋단 말이냐."
평생을 무공을 연마하며 살아온 태극검황이다. 더군다나 무당산에서 몸과 마음을 정결히 하며 도를 닦는 데 정진해 왔던 그였기에 상대적으로 음모와 술수에는 취약할 수밖에 없었다.
'차라리 빈도에게 검을 들고 싸우라고 한다면…….'
이 순간, 태극검황은 전대 맹주였던 옥청학이 너무나도 그리웠다. 그는 공동파 출신이기는 했지만 속가 출신이었기에 이런 쪽에 꽤나 능수능란하게 대처했다. 그때는 별거 아닌 것처럼 여겼었는데 막상 자신이 겪어 보니 보통 머리가 아픈 게 아닌 것이다.
상념에 잠겨 있던 맹주의 입에서 긴 한숨이 흘러나왔다.
"그러고 보니 옥진호 장로를 그때 쳐 버리는 게 아니었어. 이런 쪽에는 그가 꽤나 소질이 있었는데……."

마화의 변화

24

눈 는 에 눈

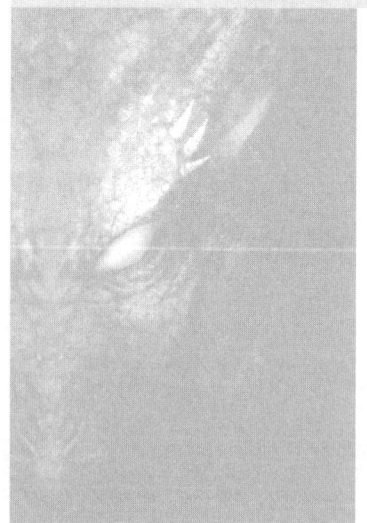

잠에서 깬 묵향은 언제나처럼 가볍게 운기조식을 취했다. 그런 다음 차를 마시며 소연이 아침 문안 인사 오는 것을 들뜬 마음으로 기다렸다. 묵향에게는 이런 소소한 일상의 생활이 너무나도 행복했다.

그런데 소연과 함께 손을 잡고 들어오는 마화를 본 순간, 묵향은 자신도 모르게 입에 머금고 있던 차를 뿜어내야 했다. 세상에! 마화가 연한 초록색이 감도는 아름다운 궁장을 입고 들어왔던 것이다.

"풋!"

자신에게 아주 잘 어울린다고 소연이 꼬셨기에 어쩔 수 없이 입었던 것인데, 들어오는 순간 묵향이 보여 준 행동에 마화의 얼굴이 발갛게 달아올랐다.

속옷은 물론이요, 움직이는 데 거추장스럽다며 언제나 한결같이 단순한 형태의 무복(武服)만을 고집했던 마화였다. 그런 그녀가 하늘거리는 궁장을 입은 것만 해도 큰 용기를 낸 것이다.

그런데 예쁘다거나 아주 잘 어울린다는 말이라도 한마디 해 줄 줄 알았던 인간이, 저딴 반응을 보이자 화가 나지 않을 수 없었다.

순간 마화의 눈이 실쭉 가늘어졌고 눈썹이 매섭게 위로 치솟았다.

"왜 갑자기 그러시죠? 뭔가 못 볼 것이라도 보셨나요?"

"그, 그게 아니라. 너, 너무 놀라서……."

당황해하는 묵향을 보다 못한 소연이 두 사람 사이에 끼어들었다.

"아버지, 어때요? 마 언니 정말 예쁘죠?"

이런 말에 익숙하지 못한 묵향은 마화의 눈초리에 마지못해 대답했다.

"응, 저, 정말 아름답구나."

너무 창피했던 것일까? 마화는 되려 뻔뻔스럽게 나왔다. 이판사판 합이 육판인 것이다. 괜히 이런 옷을 입었나 보다 후회하는 마음뿐이었지만, 그렇다고 지금 옷을 갈아입으러 돌아갈 수도 없는 노릇이 아닌가.

"흥! 표정을 보니 아닌 것 같긴 하지만, 뭐 그 정도로 참아 주겠어요. 자, 어서 식사나 하러 가요."

뿌루퉁한 얼굴로 앞장 서서 나가는 마화의 뒷모습을 멍하니 바라보던 묵향은 그제서야 마화의 변화를 눈치 챌 수 있었다. 맞다. 대별산맥으로 찾아왔을 때도 마화는 지금까지와는 다른 은은한 향기를 풍겼었다.

묵향은 소연에게로 시선을 돌리며 어기전성을 날렸다.

《네가 그런 거냐?》

소연은 묵향의 눈을 마주 쳐다보지 못했다. 사실, 그녀는 오래 전부터 마화가 묵향에게 마음이 있음을 잘 알고 있었다. 하지만 그걸 지켜보기만 할 뿐 아무런 말도 하지 못했다. 약간의 친분이 있다고 그런 얘기를 꺼냈다가는 무례한 사람으로 낙인찍힐 우려가 있는 것이다.

교주와 마화의 신분은 그녀와 하늘과 땅이라고 할 정도로 차이가 났다. 그런데 자그마한 친분을 빌미로 그런 민감한 얘기를 꺼냈다가는 오냐오냐 해 주니까 수염까지 뽑으려고 드는 무례한 계집으로 낙인찍힐 우려가 있었다.

하지만 지금은 입장이 바뀌었다. 묵향이 딸로서 그녀는 마화가 싫지 않았고, 또 눈치를 보아하니 묵향 또한 그녀를 싫어하지 않는 듯했다. 그렇기에 마화에게 강력하게 밀어붙이라고 옆에서 충동질을 하고 있었다.

예전에 이런 애틋한 마음을 표현하지 못해 자신이 내심 사모했었던 남자를 문주의 딸에게 뺏긴 아픈 경험이 소연에게 있었기에.

마화가 더 이상 따지지 않고 밖으로 나간 것을 묵향은 다행스럽게 생각했지만, 사실 마화로서는 지금 화내고 있을 정신이 아니었다. 왜냐하면 왜군에 대한 일을 소연을 방패막이로 해서 어떻게 하면 묵향의 진노를 적게 사면서 얘기할 수 있을까 궁리하느라 정신이 없었기 때문이다.

객잔에서 제공된 아침식사는 꽤나 그럴듯한 것이었다. 맛있게 잘 먹은 후 후식이 나왔을 때쯤, 마화는 전음으로 보고를 시작했다.

〈사실, 얼마 전에 보고가 올라온 게 있어요. 그런데 미처 교주님께 보고할 여유를 찾지 못해서…….〉

소연과 보내는 즐거운 시간에 마화가 갑자기 이런 얘기를 꺼낸 게 이해가 되지는 않았지만 묵향은 시원스럽게 받아들였다. 소연과 평상적인 대화는 계속적으로 이어 나가면서…….

《말해 봐.》

〈지원군으로 올 예정이었던 왜군이 전멸 당했어요.〉

밑도 끝도 없는 보고에 묵향은 어리둥절한 표정이었다.

《도대체 무슨 말인지 모르겠군.》

마화는 황군과 무림맹의 고수들이 동원되어 왜군을 전멸시킨 것에 대해 자세히 설명했다. 그러면서도 그녀는 끊임없이 묵향의 눈치를 살폈다.

아직까지도 황실과의 인연을 정리하지 못하고 있던 그녀로서는 과연 묵향이 이 소식을 어떻게 받아들일지 염려됐던 것이다. 그래서 아직까지 묵향의 눈치만 살피며 보고하지 못하고 있었던 것이다.

《뭐, 그렇게 신경 쓸 일은 아닌 것 같군. 안 그래도 소모품으로 다 죽여야 할 놈이었으니 말이야. 하지만 무림맹의 행위는 좀 괘심하군. 어찌 보면 본좌에게 검을 겨누는 거나 마찬가지니까 말이야.》

생각 외로 묵향이 아무렇지 않게 받아들이자, 긴장을 하고 있던 마화는 안도의 한숨을 내쉬며 가슴을 쓸어내렸다. 역시 기회를 잘 노린 보람이 있는 것이다. 마화로서는 묵향이 송 황실에 악감정만 가지지 않는다면 일이 어떻게 진행된다 해도 상관이 없었던 것이다.

〈정보에 의하면 지원을 하러 온 왜군들의 숫자가 10만을 넘는다고 하자, 지레 겁을 먹고 기습을 한 것이라고 합니다.〉

생각지도 못했던 10만이라는 숫자에 묵향도 깜짝 놀라지 않을 수 없었다. 계속 인원이 불어난다는 보고는 들었지만, 묵향이 알고 있었던 왜군의 숫자는 1만 명 정도였기 때문이다.

〈또한 며칠 전 절강성 분타주로부터 들어온 보고에 따르면 왜군에 들어가던 보급 통로를 조사하는 모종의 세력을 포착했답니다. 그걸 눈치 채는 즉시 분타주가 연락망을 폐쇄, 상대의 추적을 따돌렸지만 그들에 대한 역추적은 실패했답니다.〉

《흠, 기밀 유지를 위해 당분간은 밀무역을 멈추고 주변 정세 파악에 주력하라고 해. 고생해서 무역로를 뚫어 놨으니 조심하는 게 좋겠지.》

일단 마화가 근심하던 보고는 다 끝마친 상태였기에 그녀는 홀가분한 마음으로 묵향에게 물었다.

〈무림맹에 왜군을 공격한 것에 대해 공식적인 항의를 해야 하지 않을까요? 이번에 온 왜군은 우리들의 동맹군이고, 그들을 양양성으로 이동시켜 전장에 투입하겠다고 사전에 분명히 밝혔어요. 그런데도 불구하고 그들이 왜군을 전멸시켰다는 것은…….〉

《흠, 하여튼 그 문제는 나중에 얘기하도록 하지. 지금은 소연이하고 대화하랴, 자네하고 얘기하랴 정신이 없으니까.》

그렇게 마화에게 어기전성을 보낸 후, 소연에게 인자한 미소를 지으며 물었다.

"그래서 어떻게 할 거라고?"

소연 같은 고수가 자신만 빼고 묵향과 마화 간에 뭔가 대화가 오가고 있다는 걸 모를 리 없었다. 하지만 그녀는 전혀 눈치 채지 못한 척 일상적인 대화를 계속 유지해 나갔다. 만약 자신이 알아도 괜찮은 내용이었다면 전음이 아닌 직접적으로 얘기를 해 줬을 거라는 걸 알기 때문이다.

"이제 천지문에 들어가 봐야 할 것 같아요. 양양성에 왔는데도 아직까지 천지문에 연락을 안 하고 있다가, 누가 저를 보기라도 한다면 입장이 곤란해지잖아요."

그 말에 묵향은 아쉬운 표정으로 입을 열었다.

"가끔 시간 내서 식사 정도는 같이 하도록 하자꾸나."

너무나도 부드러운 말투에 소연은 환히 웃으며 고개를 끄덕였다.

"물론이죠, 아버지."

자신을 위해서 양양성까지 동행해 줬던 현천검제가 화산파로 돌아간다고 하자, 소연은 그에게 식사를 함께하자고 청했다. 일파의 장문인인 그에게 그것 외에는 자신의 감사함을 표현할 방법이 없었던 것이다.

현천검제는 기꺼운 마음으로 초대에 응했다. 오랜 시간을 함께 한 질녀와 헤어지는 마당에 오붓한 식사를 나누자고 하니 그가 마다할 리 없었다.

소연은 천지문도들이 자리 잡은 장원에서 그리 멀리 떨어지지 않은 한 객잔으로 현천검제를 안내했다. 가격도 쌌고, 무엇보다 조용한 분위기에 음식이 꽤 깔끔하고 맛있어 소연이 자주 이용하던 객잔이었다.

그런데 가는 날이 장날인지 오늘따라 수많은 사람들이 술을 마시고 있어 객잔 안은 상당히 시끄러웠다. 일단은 자리를 잡고 앉았지만, 술에 취한 사람들이 소리를 지르며 나누는 대화로 인해 귀가 아플 정도였다.

그런 시끄러움 속에서도 현천검제의 흥미를 돋우는 목소리가 있었다. 그리 큰 소리는 아니었지만, 현천검제의 귀에는 그들의 속삭이는 듯한 목소리가 또렷하게 들렸다.

"연경에서 전쟁이 벌어졌다는 게 사실인가?"

그러자 또 다른 사내도 자신의 궁금증을 물었다.

"듣자하니 연경 전체가 쑥대밭이 됐다는 거야. 그뿐만이 아니라 남양에서도 치열한 전투가 벌어졌다고 하던데, 그게 정말인가?"

현천검제는 흥미진진하게 그들의 대화에 귀를 기울이고 있었는데, 그걸 알 리 없는 소연은 주위가 너무 시끄럽자 죄송하다는 표정을 지으며 입을 열었다.

"다른 곳으로 자리를 옮기시는 게……."

대화 내용에 흥미를 느낀 현천검제는 말소리가 들려온 쪽으로 슬쩍 고개를 돌렸다. 그곳에는 조금 추레한 복장을 하고 있는 사내들이 몇 명 둘러앉아 담소를 나누며 술잔을 기울이고 있었다.

그런데 그들의 행색에 비해 음식이나 술이 꽤나 고급인 걸 보면, 아마도 오랜 시간 여행을 한 여행객들인 모양이었다.

현천검제는 소연에게 아무렇지도 않다는 듯 대답했다. 그들의 얘기를 더 들어보고 싶었기 때문이다.

"아니, 괜찮네. 다소 시끄러우면 어떤가? 음식이 맛있다니 여기서 먹기로 하지."

자신의 모습을 감추기 위해 삿갓을 쓰고 있었던 현천검제는 남의 이목에 띄지 않는 구석진 자리에 앉았다. 그 여행객들과는 꽤나 거리가 떨어진 자리였지만, 화경의 고수인 그에게 있어서 이 정도 거리는 아무런 문제도 되지 않았다.

질문을 받은 중년 사내는 일부러 딴전을 피우며 술잔을 쭉

들이켠 후 안주를 집어 우물거렸다. 동료들의 애타는 듯한 시선을 받으며 시간을 끌던 그는 행여 누가 엿듣는 사람은 없는지 힐끔 주위부터 둘러봤다.

그 모습에 한 사내가 애가 닳았는지 약간 큰 소리로 채근했다.

"아, 뜸들이지 말고 얘기 좀 해 보게. 나도 지금 상단을 꾸려 연경 쪽으로 가 볼까 하는 중이었는데, 그런 소문을 접하니 불안해서 원. 어떻던가? 가도 괜찮을까?"

정보에 목말라 하는 것은 개방이나 무영문뿐만이 아니다. 상거래에 큰 영향을 주기에 상인들의 경우 남들이 모르는 정보를 조금이라도 더 알기 위해 노력했다.

특히 요즘처럼 언제 전쟁이 터질지 모르는 상황에서는 더욱 그랬다.

전쟁터를 찾아다니며 물건을 팔아 한몫 잡는 상인들도 있었지만, 대부분의 상인들은 전쟁에 휩쓸려 재산은 물론이고 목숨까지 잃고 싶은 생각은 없었기에 가급적이면 위험을 피해 가려고 했던 것이다.

한참 뜸을 들이던 중년 사내는 행여 누가 엿들을 새라 낮은 어조로 물었다.

"자네들, 그건 어디서 들었나?"

"다 아는 수가 있지. 자네 연경에서 오는 길이라며? 거기 얘기 좀 해 보게."

"나 같으면 연경 쪽으로는 죽어도 안 가겠네."

그 말은 곧 소문이 사실이라는 말이었다. 이야기를 해 달라고 조르던 사내는 침울한 어조로 급히 물었다.

"도대체 연경이 어떻게 됐기에 죽어도 가지 말라는 건가?"

질문을 받은 중년 사내는 지금 생각해도 끔찍하다는 듯 몸을 부르르 떨며 입을 열었다.

"정말이지 그날은 내 생애 최악의 밤이었다네. 여기저기서 화광이 충천하고, 처절한 비명 소리에……. 나중에 들으니 마교도들이 기습을 해 왔었다는 거야. 얼마나 전투가 치열했는지 연경의 태반은 불에 탔을 정도였다네."

"허, 그 정도라면 사람도 많이 죽었겠군."

"아침에 보니 금나라 병사들 시체가 천지사방에 널려 있었네. 전투가 가장 치열하게 전개된 곳이 연경의 중심가였던 봉황로 주변이었는데, 그 일대에 살던 고관대작들까지 큰 피해를 당했다고 할 정도니, 일반 백성들이야 더 이상 말할 필요도 없지 않겠나. 지금 그쪽으로 가 봐야 물건 팔아먹긴 힘들 거야."

그 말을 끝으로 중년 사내가 입을 다물자, 상단을 꾸려 연경으로 가겠다던 사내는 몸이 달았다.

"그렇게 대충 말하지 말고, 자세하게 이야기 좀 해 봐."

"허~ 참, 이거 맨입으로 하기는……."

"알겠네, 알겠어. 내가 오늘 걸쭉하게 한잔 사겠네. 자넬 만난 덕분에 나도 연경까지 헛걸음하지 않아서 정말 다행일세."

그렇게 말하며 사내는 점소이를 불러 음식과 술을 좀 더 시켰다. 그제서야 중년 사내는 씩 미소 짓더니 그날 일을 자세히 얘기하기 시작했다.

"상단을 데리고 연경에 도착했을 때까지만 해도 난 그곳에서 전쟁이 벌어질 거라고는 상상도 하지 못했다네. 사실 그 어떤 조짐도 없었고, 전쟁에 대한 소문도 듣지 못했으니 말일세. 그런데 일이 벌어진 것은 도착한 다음 날이었네. 한밤중에 갑자기 엄청난 폭음이 들려와 나는 깜짝 놀라서 일어났지. 내 생전에 그렇게 큰 소리는 단 한 번도 들어 본 적이 없었거든."

"천둥소리보다도 크던가?"

"허허, 이거 참. 내가 달리 생전 처음이라고 했겠나? 천둥소리보다 수십 배는 더 컸던 것 같네. 그런데 그 소리가 들린 후 한동안 잠잠히더란 말이지. 그래시 나는 황제가 사는 연경이다 보니 천둥도 지랄 맞게 크게 운다고 생각했지."

"그래서? 빨리 좀 말해 보게."

"좀 찬찬히 들어 봐. 그래서 나는 아무 일 없는 줄 알고 다시 잠을 청했지. 그런데 이번에는 엄청난 비명 소리에 놀라 다시 일어났다네. 벌떡 일어서서 창문으로 달려가 보니 저쪽 중심가 쪽으로 화광이 충천하고 있었고, 요란한 비명 소리가 들려왔다네. 무수한 병장기가 부딪치는 소리. 틀림없이 전쟁이 벌어졌다고 생각했지. 그렇지 않고서야 수만이나 되는 금나라 병사들이 지키고 있는 연경에서 그런 일이 벌어질 리 없지 않겠나?"

이리저리 말을 돌리는 걸 보며, 한 사내가 눈치 챘다는 듯 능청스레 미소 지었다.

"쓸데없이 서론이 긴 거 보니…, 자네가 직접 전투를 본 것은 아니군."

"물론이지. 내 목숨이 열 개쯤 되는 것도 아닌데 뭐 하려고 그리로 갔겠나? 황급히 일행들을 깨우고, 여차하면 달아날 준비를 한 뒤 눈치만 보고 있었지. 그런데 우리 쪽으로 병사들이 달려오지도 않았고…, 뭐 그래서 그냥 객잔에 쥐죽은 듯 숨어 있었다네. 다음 날 아침이 되어 살그머니 봉황로 쪽으로 가 보니 완전히 폐허가 되어 있더군. 끔찍하게 죽은 금나라 병사들의 시체가 얼마나 많던지, 헤아리기조차 불가능하더란 말일세. 그런데 이상한 건 그들을 죽인 자들의 시체가 전혀 눈에 띄지 않더군."

"허, 거참 이상하군. 그렇다면 금나라 병사들이 누구랑 싸웠단 말인가? 설마 반역?"

사내가 그렇게 생각하는 것도 무리는 아니다. 아무리 압도적인 전력으로 싸워 이긴다 해도 피해는 나오기 마련이다. 그런데 금나라 병사들의 시체만 보였다면 금나라 병사들끼리 싸웠다는 말이나 다름없었다.

그렇다면 당연히 반역밖에는 생각할 수 있는 게 없지 않은가.

하지만 중년 사내는 아니라는 듯 고개를 저었다.

"나도 처음에는 그렇게 생각했다네. 그런데 자세히 알아 보니 소문으로만 들었던 무림의 영웅들이 연경을 친 거였어. 하늘을 휙휙 날아다니고, 무예에 도통한 무림의 영웅들에게 감히 오랑캐들 따위가 상대나 됐겠나?"

"뭐야? 무림의 고수들이 연경을……?"

"그렇다면 분명 소림이나 무당파일 게야. 내 듣자하니 그들은 도를 깨쳐 일반인들은 상상도 할 수 없는 어마어마한 힘을 발휘한다더군."

생각지도 못했던 중년 사내의 말에 좌중은 일순 시끄러워졌다. 그리고는 각자 지금까지 자신이 주워들은 무림에 대한 얘기들을 토해 내기 시작했다. 그중에서 가장 많이 들먹여지는 문파는 역시 구대문파와 무림맹이었다.

사내들이 서로 자신의 말이 옳다고 우기기 시작할 때, 중년 사내는 느긋하게 술을 한 잔 들이켠 뒤 천천히 입을 열었다. 그러자 모든 사람들의 시선이 그에게로 향했다.

"나중에 그쪽에서 들은 소문으로는 마교라는 단체가 야습했다고 하더군. 금군 병사들이 이리저리 돌아다니면서 놈들을 물리쳤으니 이제 안심하고 생업에 종사하라며 외쳐 대긴 했지만, 나하고 거래하던 박 영감한테 듣기로는 그게 아닌 모양이야. 봉황로가 불바다가 되면서 그 일대에 살고 있던 고관대작들도 큰 피해를 입었다고 하더군. 그리고 모르긴 몰라도 황궁 쪽도 엉망진창인 모양이었어. 그 정도로 깨졌는데 그게 적들을 물리

친 것이겠나? 모르긴 몰라도 소기의 목적을 달성하고 후퇴한 것이겠지."

소란스런 객잔 안이었지만, 그들의 대화에 귀를 기울이고 있던 게 현천검제 일행들만은 아니었던 모양이다. 갑자기 그들의 뒤편에 앉아 있던 듬직한 덩치의 장한 한 명이 벌떡 자리에서 일어서더니 그들에게 시비를 걸었다.

"이보슈, 그런 말도 안 되는 거짓말이 어디 있소? 금나라 황제가 있는 곳이 바로 연경이오. 수많은 금군들과 절정고수들이 막강한 방어막을 치고 있는 곳이란 말이오. 아무리 마교의 전력이 뛰어나다고 하나, 그런 곳을 단독으로 공격했다니 말도 되지 않소."

자신을 거짓말쟁이로 모는 무사의 말에 중년 사내는 분통이 터진 모양이다. 사실 상인들에게 이 정도의 정보를 얻으려면 돈푼깨나 쥐어 줘야 하는데도 불구하고, 이렇게 쉽게 입을 열게 만든 걸 보면.

"뭐가 거짓말이라는 거요? 내 두 눈으로 똑똑히 봤소. 연경의 중심가인 봉황로 일대가 완전히 잿더미가 되어 있는 걸 말이오. 수많은 금군 병사들의 시체가 쫙 깔려 있었는데, 그게 거짓말이라는 말이오? 물론 저쪽에서 들은 소문이 잘못됐을 수는 있겠지. 마교가 공격한 게 아니라, 무림의 여러 문파들이 연합해서 쳤을 수는 있을 테니까. 하지만 연경이 잿더미가 된 것만은 사실이오. 그건 내 이 두 눈으로 직접 봤으니까 말이오."

중년 사내는 화가 나서 큰 소리로 외쳤고, 이제 이들의 대화 내용을 객잔 안에서 못 들은 사람이 없을 정도였다. 원래 상인들이라는 게 이렇게 귀중한 정보를 쉽게 알려 주지는 않지만, 중년 사내는 술에 취한 김에 화가 나서 외쳐 댄 것이다.

하지만 무사는 마치 상대의 거짓말을 완전히 간파하고 있다는 듯 음흉한 미소를 지은 뒤 주위를 둘러보며 외쳤다.

"난 서문세가에 소속된 무사요. 만약 그런 대규모 전투가 있었다면 마교가 미치지 않고서야 왜 우리랑 같이 연수를 하지 않았겠소?"

그 말이 더 신빙성이 있다고 생각했는지 주위 사람들이 고개를 끄덕였다. 무사는 사람들의 반응이 마음에 든다는 듯 씨익 웃다, 자신의 옆에서 술잔을 기울이고 있던 허름한 옷차림의 거지를 가리키며 말했다.

"여러분들도 잘 아시다시피 천하에서 정보력이 가장 뛰어나다고 알려진 문파가 개방이 아니겠소. 이 친구가 바로 그 개방의 제자라오."

한마디로 이곳에 정보통인 개방 고수가 있으니 헛소리를 하지 말라는 소리였다. 그런 다음 그는 개방 제자를 향해 눈을 찡긋하며 말했다.

"자네가 말해 주게. 개소리하지 말라고 말이야."

하지만 개방 제자의 표정은 썩 좋지 못했다. 그는 떨떠름한 표정으로 술잔을 쭉 들이켠 후 입을 열었다.

"그, 그게 말이야. 사실, 이런 얘기 하면 안 되는데……. 어쩔 수 없구먼. 저들의 말이 사실일세."

개방 제자의 말에 서문세가의 무사는 경악한 모양이다.

"뭐, 뭐라고?"

"마교가 연경을 친 건 사실일세. 남양 쪽에서도 치열한 전투가 있었다는 소리는 들었지만 자세한 건 잘 모르겠고, 연경 쪽은 수많은 시체가 사방에 널려 피비린내가 진동한다고 하더군. 그뿐만 아니라 금나라 황제조차도 채 피신을 못 해, 현재 생사가 불분명하다는 소문까지 나돌고 있다네."

"그 말이 정말인가?"

"나도 처음에는 헛소문인 줄 알았는데 연경 전투가 얼마나 치열했는지 한두 사람이 본 게 아니더군. 몇몇 사람들의 말을 종합해 보면 마교에서 이번 전투에 엄청난 전력을 투입한 듯하네. 그리고 무엇보다 마교의 교주인 암흑마제가 앞장서서 무시무시한 신위를 보이며 연경을 지옥으로 바꿔놨다고 하더군."

무사는 어이가 없는지 잠시 멍하니 서 있다, 자리에 털썩 주저앉아 술잔을 쭉 들이켠 뒤 물었다.

"그 말이 사실이라면 오랜만에 거둔 대단한 쾌거가 아닌가? 그런데 왜 마교에서 우리 무림맹과 같이 전투를 하지 않고 그들 혼자……."

"글쎄, 그것까지는 나도 잘 모르겠네. 뭔가 우리가 모르는 사정이 있겠지. 어쩌면 자신들끼리 왕창 해치운 다음 공치사를 할 생각이었는데, 예상외로 피해가 커져 차마 입을 못 열고 있는 건지도 모르고 말이야."

그 말을 끝으로 사방에서 이런저런 이야기가 튀어나오기 시작했다. 이야기의 대부분은 거의 다 연경 전투에 대한 통쾌함이었다.

지루할 만큼 대치 상태가 계속되고 있었던 상황이었다. 언제 전장에 나가 목숨을 잃을지 몰라 팽팽하게 긴장을 하고 있던 병사나 일반 무사들에게 이번 연경 전투의 쾌거는 속이 후련하다고 할 만큼 통쾌한 일이었다.

무림맹의 수뇌부들이야 달갑지 않은 일이었지만 하급 무사나 송을 걱정하는 수많은 사람들은 마교가 이번에 행한 전격적인 작전에 박수를 보내기 시작했다.

그리고 연경 전투와 남양 전투의 자세한 정보기 속속 일러시면서 마교 고수들이 얼마나 많은 피를 흘렸는지, 마귀처럼 전장을 날뛴 묵향의 활약상이 어땠는지 이야기하느라 양양성이 술렁거렸다.

현천검제는 다시금 사형인 묵향의 자신에 대한 배려에 몸을 떨어야 했다. 지금 들은 이 정도의 말로도 마교가 얼마나 많은 피해를 입었을지 쉽게 짐작할 수 있었다.

마교가 피해를 입기 전이라 해도 화경급 고수가 가지는 전력은 엄청나다. 그런데 지금과 같이 커다란 피해를 입은 상황이라면 더 말할 필요가 없지 않은가.

그런데도 사형은 자신이 화산파로 돌아가겠다고 했을 때 아무 말 없이 보내 줬다.

현천검제는 갑자기 심하게 목이 타는 것을 느꼈다. 마치 기갈이라도 들린 듯 찻잔을 들어 벌컥벌컥 들이켜는 그의 두 눈에는 어느덧 희미한 물기가 어려 있었다.

그런 사람 없다니까!

DARK STORY SERIES Ⅱ

24

눈에는 눈

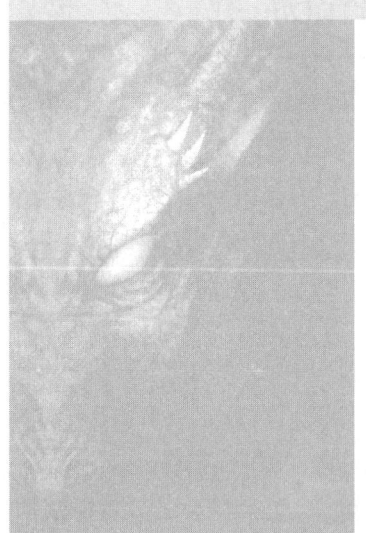

현천검제를 성문 앞까지 바래다 준 후 소연은 천지문으로 갔다. 정문을 지키고 있던 제자들은 먼발치에서 그녀를 알아보고, 놀라서 달려와 인사했다. 지금까지 아무런 소식도 없이 행방불명된 그녀였기에 그들의 놀라움은 더욱 컸던 것이다.

보고를 듣고 달려 나온 임연은 소연의 귀환을 진심으로 환영했다.

"사매, 지금까지 어디에 있었느냐? 많이 걱정했었다."

설명을 하려면 말이 길어질 것 같았고, 또 어느 정도까지 말을 해야 할지 신경이 쓰였기에 소연은 은근슬쩍 화제를 돌렸다.

"여러 가지 일이 있었어요. 그런데 사형께서는 언제 오셨어요?"

"그때 전투 이후, 문주님의 명을 받들어 네 대신 이곳의 문도들을 지휘하러 왔다. 여기 도착해 보니 네가 크게 다쳤다고 하더구나. 그래, 몸은 좀 어떠냐? 걱정과는 달리 크게 불편해 보이지 않아 우선은 안심이 된다만……."

하지만 소연은 대답을 하지 않고 주위를 둘러보며 물었다.

"사제는……."

그러자 임연은 당황한 표정을 지으며 그녀의 말을 의도적으로 막았다.

"여기서 할 얘기는 아닌 듯하구나. 안으로 들어가자."

"예."

임연은 집무실로 들어가 소연에게 자리를 권한 후, 시비들에게 차를 내오라고 일렀다. 그런 다음 전음으로 그간 사정을 빠른 어조로 설명해 줬다.

〈그렇다면 사제를 내보내셨단 말인가요?〉

〈어쩔 수 없는 선택이었다. 그는 본문이 싫어서 떠난 걸로 되어 있어. 그런 그가 여기서 문도들을 이끌고 있었다는 게 알려진다면 자칫 문주의 권위가 흔들릴 수도 있음이야.〉

진 사제의 팔자가 참으로 기구하다고 생각하며 소연은 슬픔을 감추기 힘들었다.

"그렇군요."

"문주께서는 다시금 3백 명의 무사를 증파하셨다."

"3백 명씩이나 말인가요?"

천지문은 전란이 일어나기 전에도 고작 2천 정도의 문도밖에 가지지 못한 중소규모의 문파였다. 그런데 이번에 5백이 죽어 나가자 새로이 3백을 증원했다니. 문주의 의지는 명확했다. 그는 이번 전쟁을 통해 그 어떤 희생을 치르더라도, 천지문이 온 무림에 인정받게 되길 꿈꾸는 모양이다.

"얘기를 들으니 무림맹에서 만수 장로라는 사람이 왔었던 모양이야."

"수 자 돌림이라면…, 현 무당파 장문인보다도 한 등급 높은 항렬이라는 말인가요?"

"맞아, 장문인의 사제라고 하더군. 그자가 와서 문주를 구워삶아 놓은 모양이야. 멋들어진 검 한 자루를 선물하며 '맹은 천지문이 흘린 피를 결코 잊지 않겠소'라고 한 그 한마디에 문주는 이성을 잃은 거지."

자신이 할 말은 다 했다고 생각했는지 임연은 착잡한 표정으로 소연을 바라보며 질문을 던졌다.

"뭐, 우리로서야 문주의 뜻을 따를 수밖에 없는 일이니. 그 얘기는 이쯤에서 접기로 하고…, 대체 지금까지 어디에 있다가 온 거냐? 녀석의 말로는 마교에 갔다고 하던데."

"예."

소연은 있었던 일을 사실대로 얘기하지는 않았다. 마교의 중지(重地) 중의 중지라는 천마동에 들어갔었던 일. 그리고 반쯤 죽은 사람도 살려내는 신묘한 의술을 지닌 할아버지와의 만남 등등…….

이 모든 얘기를 하려면 교주가 왜 자신에게 그토록 엄청난 호의를 베푸는지를 먼저 밝혀야만 했기 때문이다.

그렇기에 그녀는 대충 꾸며서 임연이 납득할 수 있는 정도로만 얘기했다. 어딘지는 잘 모르겠지만 마교 분타로 안내되어,

신묘한 의술을 지닌 마교 고수에게서 치료를 받았다고 말이다.

※　　※　　※

천지문에 복귀한 소연은 시간이 날 때마다 마화를 찾아가 얘기를 나누며 놀았다.

지금까지 신분의 벽에 가로막혀 적당한 수준의 친분 관계만 유지했다면, 이제는 꼭 자매처럼 깊은 관계를 형성하게 된 것이다. 그러면서 소연은 마화가 자신의 아버지를 얼마나 좋아하는지 새삼 깨닫게 되었다.

몇 년 정도 그리워하다가 자신의 감정을 접어 버린 그녀로서는 도저히 상상도 하기 힘든 사랑을 그녀는 하고 있었던 것이다. 아무런 말 없이 행방마저 묘연해져 버린 아버지를 무려 20여 년씩이나 기다리고 있었다니…….

소연의 조언에 따라 마화의 옷차림은 조금씩 여성적으로 바뀌고 있었다. 며칠 전, 묵향이 자신을 바라보며 기겁초풍한 걸 보면서 그녀는 한 가지를 깨달았다. 묵향도 목석이 아닌 것이다. 그리고 자신이 아름답게 꾸미면, 그걸 묵향도 알아본다는 것을 알게 된 것이다.

그 이후 그녀의 옷차림은 중이 고기 맛을 보면 빈대까지 잡아먹는다는 말처럼, 때에 따라서는 짙은 화장까지 불사할 정도로 무서운 변신을 하고 있었다.

조령 역시 그런 마화에게 자주 찾아와 조언을 아끼지 않았다. 조령은 부잣집 딸답게 옷이라든지 장신구에 대한 안목이 무림인인 그녀들과 비교가 안 될 정도로 탁월했다.

무조건 처바르기만 하면 좋은 줄 알았던 마화의 화장술도 조령의 조언에 의해 훨씬 맵시 있게 바뀌기 시작했다. 그 때문에 그녀들과 조령의 사이가 한층 가까워지는 계기가 되었다.

그러던 어느 날 봄기운이 완연해져 겨우내 얼어붙어 있던 나무들이 꽃봉오리를 피우기 시작하자, 조령은 소연에게 설취를 만나러 가지 않겠느냐며 꼬드겼다.

설취는 그때까지도 만현에 남아 사라진 사부의 흔적을 찾기 위해 주변을 샅샅이 뒤지는 중이었다. 만통음제를 장인걸이 납치해 구금했다는 소문이 돌기 시작하자, 묵향은 소문이 그녀의 귀에 들어가지 않도록 차단해 버렸다.

그래서 설취는 아무것도 모르는 채 지금까지 사부를 찾기 위한 수색 작업을 계속하고 있었던 것이다. 그녀를 찾아가는 길에 빼어난 경치까지 구경할 수 있으니 일거양득이 아니냐는 조령의 제안은 참으로 달콤했다.

"하지만 오랜만에 돌아온 상태라……."

요즘 가족 간의 정이라는 것을 듬뿍 느끼고 있었던 소연이 그 말에 응할 리 없었다. 만현까지는 꽤나 먼 길이다. 설취를 만나고는 싶었지만, 그곳에 갔다 오려면 묵향과 한동안 헤어져야만 하는 것이다.

그런데 의외로 마화가 조령의 의견에 적극적으로 찬성하며 소연에게 만현으로 바람이나 쏘이고 오라며 권했다.

사실 지금 묵향은 양양성에 있어서는 안 되었다. 전투단의 재편성 작업부터 시작해 해야 할 일이 태산만큼이나 널려 있었는데도 불구하고, 그는 대별산맥으로 갈 날짜를 차일피일 미루며 아직까지도 양양성에서 엉덩이를 떼지 않고 있었다.

그 원인이 바로 소연이라는 걸 잘 알고 있었던 마화였기에 만현으로의 유람을 적극적으로 지지한 것이다. 소연을 멀리 보내 버려야 묵향이 일을 제대로 할 수 있기 때문이다.

마화는 즉시 소연을 호위할 고수들의 인선 작업에 들어갔다. 조령은 물론이고 쟈타르조차 소연에 비해 무공이 훨씬 떨어졌다. 그런 하수들을 믿고 소연을 보낼 수는 없었다.

물론 자신의 수하들을 딸려 보낼 수도 있지만, 그러면 괜히 사람들의 이목만 쏠리게 될 것 같아 망설여졌다. 흑풍대원들은 떨어지는 무공을 말과 두터운 갑주로 보완하고 있었기에, 사람들의 이목을 끌기에 충분했다. 그렇다고 갑주를 벗기자니 상대적으로 무공이 떨어지기에 언제 어디서 튀어나올지 모르는 적에게 취약할 수밖에 없다.

더군다나 소연이 마교도들과 가깝다는 걸 공개적으로 드러낼 필요가 없지 않은가. 한동안 머리를 굴리던 마화는 이윽고 결정을 했는지 자리에서 벌떡 일어났다.

마화는 진팔을 찾아 천지문 파견대가 기거하고 있는 장원으로 갔다. 천지문 파견대의 정문을 지키고 있던 경비무사는 처음에는 정중한 어조로 마화에게 질문을 던졌다.
 "무슨 일로 오셨습니까?"
 "진팔 공자를 만나러 왔습니다."
 「예, 그럼 안내해 드리겠습니다.」 하는 대답까지 기대한 것은 아니었지만, 무사의 반응은 마화의 기대와는 너무나도 달랐다. 경비무사는 마치 무슨 소리냐는 듯 어리둥절한 표정으로 대답한 것이다.
 "헛걸음을 하신 듯합니다. 진 공자께서는 여기 안 계십니다."
 "그럴 리가 있나요? 며칠 전까지만 해도 이곳에 계신 걸로 알고 있었는데……."
 그러자 갑자기 경비무사는 뭘 생각했는지 삐딱한 눈길로 마화의 위아래를 훑어보며 퉁명스레 말했다.
 "진 공자께서는 몇 년 전 홀연히 본문을 떠나신 후, 여태 연락이 두절된 상태입니다. 그런 분이 여기 계실 리 없지 않습니까? 혹시 다른 사람을 착각한 게 아닙니까?"
 마화가 자세히 보니 정문에 서 있는 경비무사들의 얼굴이 낯설었다. 아무리 자신이 천지문에 자주 온 것은 아니라지만, 그전에 있던 경비무사들은 자신의 신분을 말해 주지 않았어도 알아서 기었다.

사실 마교의 흑풍대 부대주라는 지위는 그리 가볍게 볼 게 아니었으니 말이다. 그런데 이번에 새로 보충된 무사들이라면 자신을 몰라보는 건 이해할 수 있겠는데, 문제는 이놈들이 뭘 잘못 처먹었는지 자신의 위아래를 음탕한 눈길로 쳐다보고 있다는 것이었다.

그제서야 마화는 자신의 옷차림을 살펴봤다. 조령의 권유로 입게 된 옷이 문제였다. 몸의 굴곡이 그대로 드러날 만큼 꽉 낄 뿐만 아니라, 너무 화려해 일반 여염집 여인은 쉽게 입기 힘든 옷이었다. 설상가상으로 요즘 들어서는 조령의 잔소리 때문에 점차 화장기가 엷어지고는 있었지만 마화의 화장발은 아직까지도 보통보다 꽤나 짙은 편에 속했다.

마화는 경비무사들이 자신을 어떻게 생각하고 있는지 충분히 짐작이 갔다. 하지만 머리로는 알면서도 은연중에 솟아오르는 불쾌감을 그녀로서는 억누르기 힘들었다. 그녀의 표정은 점점 더 싸늘하게 굳어지고 있었다.

"그렇다면 여기 책임자를 좀 불러 주세요."

"어허, 보아하니 누가 술 마신 뒤 진 공자의 이름을 판 것 같은데, 그분은 이곳에 안 계시다고 그러지 않았소. 그러니 헛수고 하지 말고 그냥 돌아가시오. 계속 이런 식으로 고집을 피우면 험한 꼴을 당할 수도 있으니 말이오."

마화는 화가 치밀어 올랐지만 애써 참았다.

"본녀는 천마신교 소속 흑풍대 부대주직을 맡고 있는 마화라고 해요. 다시 한 번 요청드리죠. 나는 진 공자를 만나러 왔어요. 당신들이 혹 모른다면 소연이를 불러다 줘요."

하지만 경비무사들의 반응은 마화의 예상과는 전혀 달랐다. 무슨 같잖은 소리를 하느냐는 표정이었던 것이다.

"에이, 정말! 진 공자는 여기에 없다고 몇 번을 말해야 알아들어! 그리고 어디서 주워들은 건 있어서 마교 고수를 들먹이는가 본데 쯧, 태생이 천하니 팔아먹는 것도 사악한 마교의 계집을 팔아먹는군."

소연의 체면을 생각해 지금까지 좋게 웃으며 말하던 마화의 머릿속에서 일순 뭔가가 뚝 하고 끊어져 나갔다. 마화는 빙그레 웃으며 천천히 입을 열었다. 하지만 그녀의 두 눈은 차가우리만큼 싸늘하게 가라앉아 있었다. 과거 냉비화녀(冷飛花女)라는 명호를 괜히 입은 게 아닌 것이다.

"내 소연이를 생각해서 대충 넘어가 주려 했건만……. 이런 망할 새끼들! 정말 지옥이 보고 싶단 말이지?"

말이 채 끝나기도 전에 마화의 전신에서 무시무시한 살기가 뿜어져 나왔다. 경비무사들 따위는 감히 감당할 수조차 없는.

"헉! 이, 이런……."

순간 경비무사들은 직감적으로 자신들이 상대를 오판했다는 것을 알았다. 이 정도의 살기는 절대 술집여자 따위가 뿜어낼 수 있는 것이 아니기 때문이다.

"저, 자 잠깐!"

하지만 이미 때는 너무 늦었다. 마화의 가차 없는 손길이 휘둘러지기 시작한 것이다. 그녀의 손이 휙휙 움직일 때마다 짝짝 하는 찢어지는 소리와 함께 지금까지 마화의 성질을 건드리고 있던 무사놈의 머리통이 이리저리 팩팩 돌아갔다.

"으아악!"

마화의 손에 자신의 동료가 점차 처참한 몰골로 변해 가는 것을 본 또 다른 경비무사의 얼굴색이 새하얗게 변했다. 만약 저 여인이 진짜로 마교 흑풍대 부대주라면 자신이 달려들어 봐야 소용이 없다는 것을 알았기 때문이다.

그는 재빨리 안으로 달려 들어가며 큰 소리로 외쳤다.

"자, 장로님! 빨리 나와 보십쇼. 마, 마교 고수가 습격해 왔습니다요."

갑작스런 마교의 습격이라는 말에 천지문은 발칵 뒤집어졌다. 보고를 들은 임연은 기절초풍해서 자신의 애도(愛刀)를 집어 들고 정문으로 달려 나왔다.

나와서 보니 그곳에는 한 아름다운 중년 여인이, 자신이 보기에도 살벌하리만큼 무자비하게 경비무사를 쥐어 패고 있는 중이었다.

"머, 멈추시오!"

경비무사의 멱살을 움켜쥐고 거의 반병신을 만들어 놓고 있던 마화는 그제야 손을 멈췄다. 하지만 그녀의 눈빛은 아직까지도 풀리지 않은 분노에 파랗게 빛나고 있었다.

"본녀는 천마신교 소속 흑풍대 부대주로 있는 마화라고 한다. 천지문은 제자들을 대체 어떻게 가르쳤기에, 찾아온 손님에게 이토록 무례할 수 있단 말이냐!"

그 말에 임연은 흠칫 놀라지 않을 수 없었다. 옷차림을 봐서는 술집에서 웃음을 파는 여인네인 듯한데, 풍기는 기세는 일파의 장로에 견줘도 손색이 없을 만큼 엄청난 위엄을 내포하고 있다.

임연은 얼른 자신에게 보고를 하러 쫓아 들어온 경비무사를 노려봤다. 왜 이렇게 무례하냐는 그녀의 말에 뭔가 느껴지는 것이 있었기 때문이다.

'망할 새끼들, 내 그렇게 찾아오는 손님들께 조심하라고 일렀거늘. 나중에 두고 보자!'

임연의 이글거리는 시선에 경비무사는 고개민 팍 숙인 채 아무 말도 하지 못했다. 물론 또 한 명의 경비무사는 마화의 손에 틀어 잡힌 채 거품을 물고 쭉 뻗어 있었기에 전혀 대답을 할 수 있는 상황이 아니었고.

"허허, 뭔가 오해가 있으신 모양인데 좀 진정하시고, 천천히 대화를 나눠 보도록 하시는 게 어떻겠습니까?"

만약 마화의 말대로 그녀의 신분이 정말 마교 흑풍대의 부대주라면 문제가 될 소지가 아주 컸다. 그래서 일단 임연은 마화를 장원 안으로 안내하며, 사태를 파악하는 것이 좋겠다고 판단한 것이다.

임연은 슬쩍 제자 한 명에게 전음을 보내 초기에 양양성에 파견 나온 고참급 제자를 불러오라고 명령했다.

예전에 있었던 전투로 인해 심각한 부상을 당한 제자들은 모두들 천지문으로 돌아갔지만, 천운을 타고 났는지 그 난리통에서도 비교적 멀쩡하게(?) 살아남은 자들이 몇 있었다. 그런 제자에게 이 여인의 신분을 물어보면 간단히 해결될 일이 아닌가.

장로급 인물이 저자세로 나오자 마화는 더 이상 화를 내기가 곤란했다. 성질 같아서는 천지문을 뒤집어엎고 싶었지만, 그렇게 되면 곤란해지는 건 소연이다.

마화는 멱살을 움켜쥐고 있던 경비무사를 거칠게 던져 버린 후, 임연을 따라 장원 안으로 들어갔다.

그녀가 채 몇 걸음을 옮기기도 전에, 임연의 부름을 받고 달려오던 무사 한 명이 마화를 보자마자 곧바로 포권을 하며 인사를 하였다. 예전 전투에서 부상을 입었을 때, 흑풍대를 이끌고 온 그녀의 도움으로 상처를 치유할 수 있었기 때문이다.

"오랜만에 뵙습니다, 부대주님. 그런데 이곳엔 어쩐 일로?"

마화도 무사의 얼굴을 금방 기억해 냈다. 그녀는 무사에게 부드러운 미소를 지으며 말했다.

"몸은 많이 좋아진 듯하네요."

무사는 고개를 조아리며 격동에 찬 어조로 외쳤다.

"예, 그때 여협의 은혜로 목숨을 부지한지라, 하해와도 같은 그 은혜를 어떻게 갚아야 할지…….”

마화는 환히 웃으며 부드러운 목소리로 말했다.

"건강해 보이시니 정말 다행이군요. 참, 다른 게 아니라 교주님의 명령을 받고 진팔 공자를 찾아왔는데 어디에 계시죠?"

무사는 힐끔 임연의 눈치를 살폈다. 왜 진팔이 쫓겨났는지 그는 잘 알기 때문이다. 더불어 임연은 진팔에 대한 일은 일체 입 밖에도 내지말라는 함구령까지 내렸었다. 하지만 그로서는 마화의 물음에 대답을 안 할 수가 없었다. 마화에게 구명지은(求命之恩)을 입은 것도 있었지만, 무엇보다 진팔을 찾는 것이 묵향이라는 그녀의 말 때문이었다.

그날 전투에서 보여 줬었던 묵향의 가공할 만큼 무시무시한 무공은 그의 머릿속 깊이 아로새겨져 지금까지도 공포심을 자아내고 있었다.

무사는 더 생각할 것도 없이 마화에게 진팔의 위치를 상세하게 가르쳐 주었다. 그리고 그들의 대화를 옆에서 듣고 있던 임연의 안색이 일순 창백하게 질려 버린 것은 거의 동시에 벌어진 일이었다.

설마 했는데 정말로 저 여인이 마교의 고수였을 줄이야……. 만약 그녀가 경비무사들이 무례를 범한 것에 대해 자신에게 따지고 든다면 어떻게 대처를 해야 할지 난감했던 것이다.

물론 그녀와 싸우는 게 두려운 것은 아니다. 문제는 그녀의 배후였다. 엄청난 세력의 마교와 그리고 무엇보다 암흑마제라

불릴 정도로 잔인하다고 소문난 묵향이 두려웠던 것이다.

하지만 임연의 걱정과는 달리 마화는 진팔의 위치를 알자 곧바로 발길을 돌려 총총히 사라져 버렸다.

그 모습을 지켜보던 많은 천지문의 제자들은 두세 명씩 모여 수군거리기 시작했다.

"진 공자께서 여기에 계셨었나?"

"그런데 왜 그걸 우리들은 몰랐지?"

제자들의 수군거림에 임연은 씁쓸한 표정을 감추기 어려웠다. 천지문에 진팔의 존재가 알려지는 걸 원치 않았기에 그는 새로운 증원군이 도착하기 전에 다급히 진팔을 밖으로 내보낸 후 함구령까지 내렸었다.

그런데 그 사실이 이런 방식으로 문도들에게 알려지게 될 줄이야…….

마화의 뒷모습이 완전히 보이지 않게 되자 임연은 문득 떠오른 의문을 해소하기 위해 무사에게 질문을 던졌다.

"마교 교주가 진 사제를 찾는 이유가 뭔지 너는 아느냐?"

"무공을 가르쳐 주려고 그러시는 것으로 알고 있습니다."

순간 임연은 어리둥절할 수밖에 없었다. 마교 교주가 왜 자신의 사제에게 무공을 가르킨단 말인가?

"뭐야? 무공을 가르친다고?"

"예, 그게 진짜로 무공을 가르치는 건지는 저도 잘 모르겠지만…….."

무사는 지금껏 있어 왔던 교주와 진팔의 일상에 대해 자세히 보고했다. 그리고 그걸 듣고 있던 임연의 표정이 점차 떨떠름하게 바뀌고 있었다.

진팔이 지닌 무공 내력에 대한 한 가지 단서가 지금 발견된 것이다. 너무나도 뛰어나게 발전한 그의 무공에 대해 오래전부터 구구한 억측이 오간 걸 임연도 잘 알고 있었다.

그 헛소문들 중에는 진팔의 무공 바탕이 마교의 역혈심법이라는 말도 있었다. 그런데 그게 과연 사실이었던 걸까?

임연의 머릿속은 혼란으로 가득 찼다.

"사매는 지금 어디에 있느냐?"

"두 시진쯤 전에 밖으로 나가셨습니다."

"나중에 들어오면 나한테 들르라고 전해 다오."

그는 소연에게 그 의문점들을 톡 까놓고 물어볼 생각이었다.

잠자는 용의 코털을 뽑다

DARK STORY SERIES Ⅲ

24

눈에는 눈

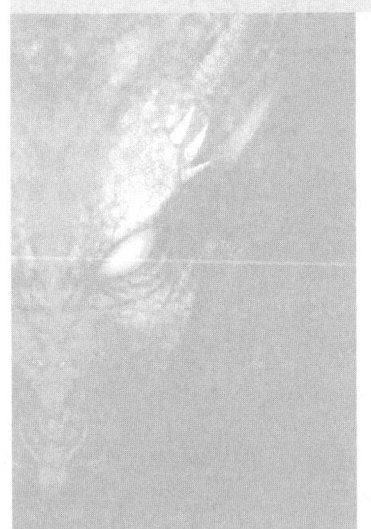

진팔은 마화의 제안을 흔쾌히 승낙했다. 내심 그가 두려워하는 묵향의 부탁이라고 마화가 말했기에 거절할 수도 없었지만, 소연에게 마음이 있는 진팔이 이런 달콤한 제안을 거절할 리 없었다.

만현에 이르는 길은 뛰어난 경치로 널리 알려져 있었다. 그런 명승지를 사모하는 그녀와 함께 갈 수 있다는 것만으로도 진팔의 마음은 마냥 부풀어 올랐다.

그리고 마화가 끌어들인 또 다른 인물은 패력검제의 아들인 폭풍검 서량이었다. 거의 진팔과 맞먹을 정도의 무예를 지닌 데다가 설취에게 흑심까지 품고 있다고 하니 더욱 꼬시기 좋았다.

물론 그가 설취에게 마음이 있다는 건 예전에 묵향과 만통음제가 술을 마시며 떠들던 걸 옆에서 우연히 들었었기에 알게 된 사실이다.

마화도 소연과 함께 동행하고 싶었지만, 최근 조직 재편성으로 인해 마교 내부가 급박하게 돌아가고 있었기에 잠시도 짬을

낼 수가 없었다. 묵향의 총동원령으로 인해 총단을 떠난 호법원과 염왕대, 자성만마대가 곧 도착할 예정이었다.
 동행하지 못하는 마화의 아쉬움을 뒤로하고, 다섯 명의 남녀들은 만현으로 향하는 즐거운 여행을 떠났다.

* * *

 유람을 떠난 첫날, 서량과 진팔은 설레는 마음을 금치 못했다. 서량은 만현에 있는 설취를 만날 수 있다는 생각에, 그리고 진팔은 사모하는 사저와 이런 오붓한 시간을 만끽할 수 있다는 기쁨에 한껏 들떠 있었던 것이다.
 물론 진팔에게 은근히 마음이 있던 조령에게 있어 이런 전개는 결코 달가운 게 아니었다. 진팔의 시선이 자신이 아닌 소연만을 향하고 있는 것을 볼 때마다 그녀의 마음은 우울할 수밖에 없었다.
 "오늘은 여기서 묶는 게 어떻겠습니까? 아가씨."
 주종 관계로 묶인 것을 보여 주듯 쟈타르는 조령을 깍듯이 섬겼다. 특히 양양성을 벗어나자 그게 더욱 눈에 띄었다. 식사에서부터 시작해서 그녀와 관련된 모든 것에 신경을 써 주는 것이다.
 객잔에서 식사를 마치고 객실로 들어가자 탕 속 가득 뜨뜻한 물이 받아져 있었다. 여행을 하며 쌓인 피로를 목욕으로 풀라는 조령에 대한 쟈타르의 배려였던 것이다.

하지만 이 자리에 여자가 조령 혼자만 있는 것도 아니었고, 소연이라는 훨씬 연배가 높은 고수가 있다는 것이 문제였다.

첫날은 조령도 아무 생각 없이 먼저 목욕을 했지만 가만히 눈치를 보니 그게 아닌 것이다. 그래서 그다음 날부터는 소연이 먼저 목욕하도록 양보를 했다.

그 사실을 알게 된 쟈타르는 다음부터는 소연의 몫까지 목욕물을 함께 주문했다. 그 후로는 꽤나 편안하고 즐거운 유람이 되었다. 마치 능숙한 총관이라도 되듯, 자질구레한 모든 일은 쟈타르가 알아서 다 처리해 버렸기 때문이다.

비록 우락부락한 야인의 모습을 하고 있었지만 오랜 세월 조령의 수발을 들어와서 그런지 그의 일처리 솜씨는 꽤나 섬세하면서도 매끄러웠다. 그랬기에 만현에 도착해서 설취를 만났을 때쯤에는 일행들은 은연중에 모든 잡무를 쟈타르에게 떠맡기게 되어 버렸다.

사부를 찾는 외로운 수색을 계속하고 있던 설취는 뜻하지 않은 지인들의 방문에 너무나도 기뻐했다. 특히 건강해진 소연의 모습에 설취는 그녀의 두 손을 잡고 자신의 일처럼 기뻐했다.

"몸은 좀 괜찮으세요? 언니."

"응, 많이 좋아졌어."

"진 공자가 부상이 심하시다고 해서 걱정 많이 했었어요."

"나는 오히려 동생이 걱정이야. 많이 수척해진 것 같네."

"강하신 분이시니 돌아가시기야 했으려구요."

하지만 말과 달리 그녀의 안색은 침울했다. 분위기가 갑자기 무거워지자 진팔이 눈치 빠르게 입을 열었다.

"자자, 오랜만에 만났는데 여기서 이러고 있을 게 아니라, 어디 가서 회포라도 풀죠."

그 말에 어느 틈에 둘러봤는지 쟈타르는 외진 곳에 있는 객잔으로 일행들을 안내했다. 조령을 위해, 이 근방에서 가장 경치가 뛰어난 곳에 자리 잡은 객잔을 알아 본 것이다.

먹음직스러운 음식이 탁자 위에 놓이고, 술병이 올라오자 모두들 술잔을 들어 올렸다. 설취는 자신을 위해 이곳 만현까지 와 준 지인들에게 감사한 마음으로 입을 열었다.

"저를 위해 여기까지 와 주신 거 너무 감사해요. 자, 한 잔씩 건배를 하죠."

오랜만에 모두들 무탈한 상태로 만났기에 흥겨운 주연이 시작됐다. 비록 만통음제가 실종되었다고는 하지만 중원 최강자들 중 한 명인 그가 변고를 당했을 거라고는 누구도 생각하지 않았다.

이들이 그렇게 생각할 수밖에 없었던 이유는 묵향이 자신이 알고 있는 모든 걸 이들에게 알려 주지 않았기 때문이다. 이들에게 알려 준다고 해서 바뀔 건 아무것도 없었다. 걱정을 하는 건 혼자만 해도 충분한 것이다.

사람들은 오랜만에 만난 반가움과 서로 간의 우정을 위해서,

또 만통음제가 무탈하기를 빌며 술잔을 나눴다. 그러던 차에 가장 무공이 낮은 조령이 먼저 대취해 술상에 머리를 처박았다.

쿵!

"이런, 아가씨께서 술을 너무 드신 것 같군. 내가 안으로 모실 테니, 모두들 신경 쓰지 말고 계속 들게나."

쟈타르는 조령을 부축해서 옆방으로 가 버렸다. 쟈타르가 떠나고 얼마 지나지 않아 설취도 머리를 탁자에 박듯 엎어져 버렸다.

그녀가 정신을 잃자 모두들 안색이 바뀌었다. 설취가 아무리 조심성 없이 술을 마셨다고 해도, 그녀 정도의 고수가 대취해서 쓰러진다는 건 말도 안 되는 일이었기 때문이다.

"이럴 수가……. 독인가? 아니면 몽혼약?"

많은 역경을 경험해 본 진팔의 대처가 그들 중 가장 빨랐다. 정신이 몽롱해지는 가운데 그는 필사적으로 품속을 뒤져 해독약을 꺼냈다.

진팔은 해독약을 소연과 서량에게 건넨 다음, 자신도 한 알 입속에 털어 넣고 질근질근 씹어 삼켰다. 몽혼약이라면 몰라도 제한된 종류의 독약이라면 해독이 가능했다.

하지만 특이한 재료로 만든 독약도 많았기에 그들은 누가 말을 꺼낸 것도 아니었지만 각자 운기조식에 들어갔다. 상대가 사용한 약 기운을 찾아낼 수만 있다면 그걸 몸 밖으로 몰아내는 건 어려운 일이 아니었기 때문이다.

 하지만 그런 일행들의 노력은 헛수고로 끝났다. 한 명씩 한 명씩 무공이 약한 순서대로 바닥에 쓰러지기 시작한 것이다. 그런데 놀랍게도 그들 중 가장 긴 시간을 버틴 것은 소연이었다.

 사라져 가는 의식을 악착같이 붙잡고 있던 그녀 앞에 낯선 사내들이 모습을 드러냈다. 그들은 아직까지도 소연이 가부좌를 틀고 앉아 있는 걸 보자 놀라움을 금치 못했다.

 "저 계집이 진짜로 천지문 출신이 맞아?"

 "그렇다는구먼."

 "허, 정말 믿어지지 않는군. 그따위 문파에서 저런 엄청난 고수를 배출했다니……."

 "그게 아니라 그 반역도의 딸이라잖아. 그러니 천지문에 보내기 전에 좋은 영약이라는 영약은 다 처먹였겠지. 아마 묵령환의 약 기운을 지금까지 버틸 수 있었던 것도 그 때문일 거야."

 고수들을 제압하기 위해 개발한 묵령환은 강력한 몽혼약의 일종이었다. 독약이 아니었기에 아무리 고수라고 해도 그 약효를 피해 갈 도리가 없었다. 사내들은 몽혼약의 약효를 철썩같이 믿고 있는지 긴장감이 전혀 없었다. 그런데 그 순간이었다.

 번쩍!

 어느 틈에 일어섰는지 소연이 검을 뽑아 들고 사내들을 공격했다. 하지만 몽혼약의 약효가 펴져서인지 검에는 전혀 힘이 실려 있지 않았다.

"으윽, 이런 빌어먹을 계집이!"

방심을 하다 받은 일격이었기에 사내들 중 한 명이 욕설을 내뱉으며 뒤로 주춤 물러섰다. 상당히 깊게 찔렸는지 그의 팔에서 피가 뿜어져 나왔다. 또 다른 사내가 재빨리 검을 뽑아 들고 소연을 공격해 들어가기 시작했다.

챙! 챙!

몇 합이 채 지나기도 전에 소연은 수세에 몰릴 수밖에 없었다. 약효에 취해 몸을 제대로 지탱하기도 힘들었을 뿐만 아니라 사내가 상당한 고수였기 때문이다. 그나마 자신을 인질로 잡기 위해서인지 사내가 손속에 사정을 봐주고 있었기에 버틸 수 있었다.

이러한 사실을 눈치 챈 소연은 재빨리 머리를 굴렸다. 만약 자신이 이들의 손아귀에 떨어진다면? 그리고 자신을 인질로 삼아 아버지인 묵향에게 협박을 한다면? 생각만 해도 끔찍한 일이었다.

소연은 잠시 갈등을 하다 갑자기 검을 거꾸로 들고 자신의 배를 향해 찔러 넣었다. 평생 자신을 돌봐 준 묵향에게 폐가 되기는 싫었던 것이다.

하지만 그런 소연의 시도는 불발로 그치고 말았다.

"헉!"

어느 틈에 옆으로 접근했는지, 처음에 팔에 부상을 입고 뒤로 물러섰던 사내가 소연의 혈을 집은 것이다.

"빌어먹을! 마귀 같은 놈의 딸내미라서 그런지 이년도 정말 독하기 이를 데 없군. 스스로 목숨을 끊으려 하다니 말이야."

그러자 또 다른 사내는 믿을 수 없다는 듯 고개를 흔들었다.

"젠장, 한 알이면 황소도 한 방에 뻗어 버린다는 묵령환을 먹고도 이렇게 발악할 수 있는 년이 있는 줄이야……"

팔에 부상을 입은 사내는 창밖으로 신호를 보내 수하들을 불러들였다.

"자, 이러고 있을 게 아니라 빨리 이들을 옮기세. 밤이 길면 꿈도 길다고, 이러다 비마대 놈들이 눈치 채겠네."

잠시 후, 사내들이 사라지고 난 뒤 탁자 위에는 빈 술잔만이 나뒹굴고 있었다.

* * *

관지의 급보를 받은 묵향은 기절초풍하듯 놀라 만사를 다 제쳐 두고 양양성으로 달려왔다.

"소연이가 납치되었다니, 그게 도대체 무슨 말이냐?"

"그게 만현에 도착하신 후 갑자기 실종되셨습니다."

"만현이라니? 그게 대체 무슨 말이야?"

마화는 고개를 푹 쉬이며 조령이 소연에게 설취도 만날 겸 만현으로 바람이나 쏘이러 가자는 말을 했고, 그게 좋을 것 같아 자신이 허락했다고 대답했다.

"그럼 호위대를 붙였어야 할 거 아냐!"

마화는 자신도 그렇게 생각해 진팔과 패력검제의 아들인 폭풍검 서량까지 소연과 함께 가도록 조치했다고 말했다. 잠시 머리를 굴려 본 묵향은 그 정도 전력이라면 천마혈검대 정도는 투입해야 어찌해 볼 수 있을 거라는 생각이 들자 안도의 한숨을 내쉬었다.

연경이 쑥대밭이 된 지금 장인걸이 만현에까지 고수들을 보낼 여력은 없을 거라 생각한 것이다.

"이런 빌어먹을! 어떻게 된 게 만현에만 가면 족족 사라지는 거야? 그놈의 만현에 마가 끼었어. 어째서 내가 좋아하는 사람만 그곳에 가면 변고를 당하게 되는 건지……."

짜증이 가득한 얼굴로 묵향은 관지를 향해 명령을 내렸다.

"지금 당장 전 흑풍대를 만현으로 투입해. 거기를 완전히 뒤집어엎는 한이 있더라도 소연이를 찾아와. 수단과 방법을 가리지 말고!"

이때, 밖에서 임충이 달려 들어오며 외쳤다.

"조령 소저와 쟈타르를 발견했답니다. 쟈타르는 꽤나 깊은 중상을 입기는 했지만 다행히도 생명에는 지장이 없답니다."

순간 묵향의 안색이 확 바뀌었다. 쟈타르가 중상을 입었다면 단순한 실종이 아닌 것이다. 불안한 마음에 묵향은 임충에게

잠자는 용의 코털을 뽑다 241

다급히 물었다.

"도대체 어떻게 된 일이라고 하던가?"

"조 소저의 증언에 따르면 만현 인근에서 적들의 습격을 당했답니다. 그중 몇 명은 엄청난 마기를 뿜어내는 고수들이었다고 하는데……."

천마혈검대가 분명했다. 묵향은 이빨을 갈며 외쳤다.

"장인걸 이 새끼!"

"도중에 적들의 추격을 피해 헤어졌는데, 다행히 자신들 쪽으로는 마교 고수들이 따라붙지 않는 통에 간신히 탈출할 수 있었다고 합니다."

"그깟 계집은 어떻게 돼도 상관없다. 그렇다면 소연이뿐만 아니라 설취까지 위험해. 지금 즉시 철영에게 전서구를 보내라. 호법원 녀석들을 지금 당장 만현으로 보내서 샅샅이 뒤지라고 해."

"존명!"

묵향은 마화에게 차가운 어조로 외쳤다.

"만현 인근에 있는 비마대 놈들을 철저하게 족쳐. 천마혈검대 놈들이 어슬렁거리는데, 그렇게 지독한 마기도 눈치 채지 못하다니. 썩을 놈들!"

얼마 전에 벌어진 전투를 미루어 생각한다면 보고를 들음과 동시에 묵향이 노하구를 향해 검을 뽑아 들고 달려가는 게 아닌가 걱정했던 마화였다. 하지만 그녀의 걱정과 달리 묵향의 반응은 꽤나 냉철한 것이었다. 묵향도 얼마 전에 있었던 대전투로 인해 홧김에 달려가는 것은, 그 어떤 해결책도 되지 못한다는 걸 잘 알고 있었던 것이다.

* * *

소연과 그 일행을 찾기 위해 양양성에 있는 흑풍대 본부가 발칵 뒤집어진 뒤 며칠이 흘렀다. 그동안 아무런 소득이 없었기에 묵향의 속은 바싹바싹 타 들어가고 있는 중이었다.

"뿌, 뿌, 뿌우~~."

감시병의 급박한 뿔나팔 소리가 들려오자 병사들은 혹시 적의 습격인가 해서 창을 움켜쥐고 성문 쪽으로 부산히 달려갔다. 멀리서 뿌연 먼지를 가르며 수백 기의 기마대가 양양성 쪽으로 빠르게 다가오고 있는 게 보였다.

그들은 백기를 휘날리며 접근해 오고 있었는데 군장으로 봐서 금나라 기마병임에 확실했다.

잠시 후, 험악하게 생긴 장수가 성문 앞에 말을 멈춘 뒤 자신들을 향해 활을 겨누고 있는 병사들을 향해 거만한 표정으로 외쳤다.

"본인은 완옌 렌지에 대원수 합하(閤下)의 명을 받들어 금나라의 사신으로 왔노라!"

묵향은 혹시나 하는 마음에 자신의 집무실에서 만현에 파견된 고수들이 소연의 행방을 찾았다는 소식을 애타게 기다리고 있었다.

그때 마화가 방문을 열고 들어와 보고를 올렸다. 소연이 행방불명된 것이 자신의 잘못이라고 생각했는지 마화의 안색은 초췌하기 그지없었다.

"금나라에서 2백여 기의 인마(人馬)가 도착했답니다. 그런데 그들을 인솔해 온 장수가 교주님 뵙기를 청한답니다."

"나를?"

그 순간 묵향의 안색이 딱딱하게 굳었다. 금나라 장수가 왜 자신을 만나자고 하는 것인지 곧바로 눈치 챘기 때문이다. 묵향은 노기 어린 어조로 외쳤다.

"만나고 싶지 않으니 돌려보내라고 해라."

"소 소저 때문에 만나자는 것일 텐데요?"

"……."

묵향이 아무런 대꾸도 하지 못하자, 마화는 묵향을 설득했다.

"일단 만나는 보시는 게 좋겠습니다. 저쪽이 원하는 게 뭔지 알아야 적절한 대처를 할 수 있을 테니까요."

"으드득, 놈이 원하는 게 뭔지 나는 전혀 궁금하지 않아!"

상대의 비열한 수작에 이를 갈던 묵향은 치미는 화를 주체할 수 없었던지 소리를 버럭 질렀다.

"당장 가서 그놈 목을 베어 장인걸에게 돌려보내. 본좌의 대답은 그거라고 알려 주란 말이야!"

이때 옆에 서 있던 관지가 참다못해 끼어들었다.

"그자를 만나시는 게 좋겠습니다."

"만나고 싶지 않다는데도!"

"지금까지 장인걸이 소 소저를 건드리지 않은 건, 교주님께서 철저하게 냉혈한처럼 행동하셨기 때문이었습니다. 예전에 장인걸이 소 소저를 납치했다가도 그냥 돌려보냈었던 것도 위협이 전혀 먹혀들지 않는다고 판단했었기 때문이지요. 하지만 지금은 상황이 바뀌었습니다."

묵향은 멍한 표정으로 되물었다.

"바뀌다니?"

"교주님께서는 만통음제 대협을 구출하기 위해 연경을 치는 무리수를 감행하셨습니다. 그걸 보고 장인걸은 깨달았겠지요. 교주님의 약점이 뭔지 말입니다."

"이런 젠장!"

쾅!

묵향의 주먹질에 애꿎은 탁자만 박살이 나 버렸다.

"마음을 가라앉히십시오, 교주님. 아직 기회는 남아 있습니다."

"기회? 기회는 무슨 얼어 죽을 기회! 이제는 허세가 전혀 먹혀들지 않을 텐데……."

"일단 장인걸이 보낸 사신부터 만나시는 게 좋겠습니다. 그쪽의 요구를 들어 본 후, 대비책을 강구해도 늦지는 않을 겁니다."

아무리 생각해도 그게 좋을 듯하자 묵향은 어쩔 수 없이 명령을 내렸다.

"그놈보고 들어오라고 해."

"예, 교주님."

금나라 장수가 당당한 걸음걸이로 집무실에 들어왔을 때, 박살 난 탁자는 이미 말끔하게 치워지고 없었다. 장수는 오만한 표정으로 좌중을 둘러본 후, 태사의에 앉아 있는 묵향을 향해 간단하게 군례를 올리며 말했다. 어투는 정중한 듯했지만, 그의 행동에는 상대를 무시하고 있음이 은연중에 드러나고 있었다.

"천마신교 교주님을 뵈오이다."

금나라 장수는 군례를 올린 후, 가져온 상자를 두 손으로 바쳤다.

"완옌 롄지에 대원수 합하께서 교주께 이걸 전하라고 하셨습니다."

'협박을 하려면 서신만 보내도 충분할 텐데 왜 상자를 보냈지? 얄팍하게 독약이라도 넣어서 보냈나?' 하는 실없는 생각을 떠올리며 묵향은 상자를 감싸고 있는 보자기를 풀었다.

계집들이 화장품을 보관하는 상자쯤 되려나? 제법 아름답게 세공된 나무로 만든 상자가 나왔고, 그 위에 곱게 자리 잡은 봉서도 보였다. 묵향은 먼저 봉서부터 뜯었다.

겉으로는 무심한 척했지만 장인걸이 원하는 요구 조건이 뭔지 너무 궁금해서 미칠 지경이었다. 이미 묵향의 속마음은 웬만한 거라면 그냥 다 들어주고 소연을 빼내는 게 어떨까 하는 방향으로 가닥을 잡고 있었다.

하지만 서신을 읽던 묵향의 눈썹이 꿈틀거렸다. 최대한 표정을 변화시키지 않으려고 노력하고 있었기에 이 정도였지, 그렇지 않았다면 금나라 장수 놈에게 자신이 얼마나 동요하고 있는지 들킬 뻔했다.

묵향이 급히 상자 뚜껑을 열자 퀴퀴한 썩는 냄새 같은 게 코를 찔렀다. 상자 속에는 하얀 소금이 가득 들어 있었고, 그 속에 묘하게 생긴 막대기 같은 것도 보였다. 가만히 보니 그건 소금에 절여놓은 손이었다.

소금 때문에 물기가 쫙 빠져 쭈글쭈글했지만, 뼈대가 굵은 것이 사내의 손이 분명했다.

묵향은 이 손의 주인이 누군지 금방 알 수 있었다. 손가락에 끼워져 있는 반지가 바로 진팔의 것이었기 때문이다.

묵향의 미간에 노기가 어리기 시작했다. 하지만 그는 감정을 드러내지 않으려고 노력하며 퉁명스런 목소리로 이죽거렸다.

"이따위 걸 선물로 보냈다니. 대원수는 본좌가 소금에 절인

고기보다는 피가 뚝뚝 떨어지는 신선한 것을 더 좋아한다는 걸 잊은 모양이군."

곁에 서 있던 마화는 묵향이 지금 뭘 하려고 하는지 눈치 채자 급하게 전음을 날리며 말렸다.

〈사신에게 그렇게 해서는 안 됩니다, 교주님!〉

하지만 묵향은 마화의 말을 듣지 않았다. 안그래도 묵향은 행동 하나하나가 마음에 안드는 저놈의 멍청한 낯짝을 두토막으로 만들어놓고 싶다는 마음을 억누르느라 손에 쥐가 날 지경이었으니 말이다.

묵향의 손이 일순 번쩍 빛나는 순간, 피보라가 일며 금군 장수의 왼손이 바닥에 떨어졌다. 그리고 또다시 번쩍인 순간 귀가 떨어져 나갔다.

최악의 상황은 면했기에 안도의 한숨을 내쉰 마화는 급히 달려가 장수의 혈도를 찍어 지혈을 시켰다. 그녀가 움직인 후에야 금군 장수는 자신에게 일어난 일을 깨달았다. 방금 전까지만 해도 자만심에 가득 차 있던 그의 얼굴은 공포감으로 새파랗게 질려 버렸다.

"본좌의 대답은 이거라고 전해라. 아참, 귀는 덤이다. 대접을 받았는데 그에 상응하는 대가만 지불한다면 너무 몰인정하다고 욕을 할 것 같아서 말이야."

금군 장수는 입술을 부들부들 떨며 필사적으로 말했다.

"하, 하지만 이런 식이라면 절대 인질이 무사······."

장수의 말이 채 끝나기도 전에 묵향은 얼음장처럼 차가운 어조로 외쳤다.

"하시만은 무슨 하지만! 인질로 잡은 애들을 몽땅 다 죽이든지 말든지 마음대로 하라고 해. 본좌는 절대로 양양성에서 철수할 생각이 없으니까."

"후회하실 겁니다."

자신이 돌아가면 인질들을 절대 가만두지 않겠다는 식으로 이죽거리는 장수의 말에 이성을 잃은 묵향이 마화를 향해 외쳤다.

"저 새끼 주둥이를 찢어 버려!"

그 말이 떨어지자마자 금군 장수는 덩치에 어울리지도 않게 뒤도 돌아보지 않고 후다닥 달아나 버렸다. 장인걸의 명대로 상자를 전한 만큼 자신이 할 일은 다 한 상태다.

사신으로 와서 왼손과 귀가 잘려 나간 것만 해도 억울한데, 이번에는 입을 찢어 버리겠다니……. 그로서는 여진족 이상으로 잔인무도하고 야만스러운 묵향의 행태에 치를 떨 수밖에 없었다.

장수가 밖으로 달아나고 난 후, 마화는 묵향에게 조용한 목소리로 물었다.

"도대체 서신의 내용이 뭔데 그렇게 화가 나셨습니까?"

"직접 읽어 봐."

서신을 받아 들고 읽어 보니 장인걸이 원하는 것은 단 한 가지였다. 마교가 전쟁에서 손을 떼는 것. 인질들은 전쟁이 끝난 후 돌려주겠다고 쓰여 있었다.

만약 자신의 제안을 듣지 않는다면 한 명씩 목을 잘라 상자에 잘 포장해서 보내 주겠다고 했다. 그리고 자신의 말이 거짓이 아님을 증명하기 위해 증거물도 함께 보낸다고 쓰여 있었다.

나무 상자 안을 들여다본 마화의 안색은 창백하게 질렸다. 그녀도 그 손의 주인이 누군지 금방 알아본 것이다.

"진…, 공자의 손이군요."

"가장 만만한 놈이 그놈밖에 없으니까. 서량은 패력검제를, 그리고 설취는 형님을 제어할 수 있어. 그리고 내가 아끼는 소연이의 손을 잘라 보낼 수도 없었겠지. 쯧! 불쌍한 놈."

마화는 침중한 음성으로 물었다. 묵향이 소연을 얼마나 아끼는지 잘 알기 때문이었다.

"철수하실 건가요?"

"전혀! 놈이 약속을 지킨다는 보장은 어디에도 없어. 그리고 설혹 약속을 지킨다손 치더라도…, 놈이 중원을 완전히 장악한 후에는 본교의 힘으로 놈과 대적할 수도 없을 거야. 승산이 있는 지금 결판을 내야지."

그 말에 내심 안도의 한숨을 내쉬면서도 마화는 소연을 생각하자 너무 가슴이 아팠다.

황제를 잃은 장인걸의 분노로 인해 절대 인질들이 무사하지 못할 것임을 잘 알기 때문이다. 더군다나 인질로서의 가치가 없어진 지금에 와서는 더더욱.

"그렇게 하면……."

묵향은 고개를 가로저으며 단호하게 외쳤다.

"그만! 더 이상은 듣고 싶지 않다. 아마 소연이도 내 마음을 이해해 줄 거라고 믿는다."

차갑게 말을 끊었지만 묵향의 마음 역시 편한 건 아니었다. 만통음제의 경우에는 구출할 가능성이 조금이라도 있었지만, 소연과 그 일행들은 구출할 수 있는 가능성이 아예 없었다. 자신의 약점을 발견한 장인걸이 그들을 결코 호락호락 놔두질 않을 게 뻔하기 때문이다.

그리고 장인걸의 요구를 모두 들어준다고 해도 그들이 살아날 확률은 역시 적었다. 어차피 장인걸과 자신은 둘 중 하나가 죽어야만 한다. 안 그러면 끝이 나지 않을 게 분명하다.

그런 만큼 그들은 자신을 협박하기 위해 이리저리 이용만 당하다 죽을 운명인 것이다.

결과가 뻔히 보이는데 그 길로 갈 묵향이 절대로 아니었다. 실수는 연경을 치면서 한 것만으로도 족하고도 넘쳤다.

## 게으른 절대자

DARK STORY SERIES Ⅲ

24

눈 는 에 눈

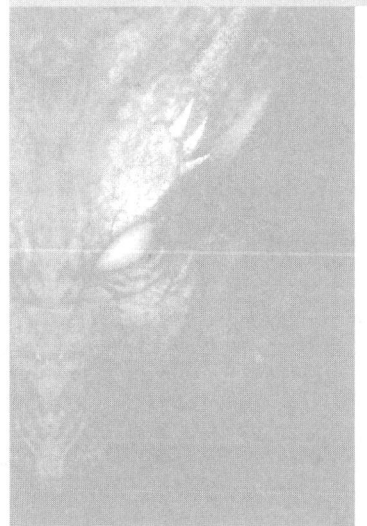

손과 귀가 잘린 금군 장수가 꽁지 빠지게 도망치는 일대 사건이 벌어진 지 며칠 지나지도 않아 양양성에 대규모의 무림인들이 합류했다.

그 수는 거의 5천에 달했고, 두 눈 가득 정기가 어린 것이 하나 같이 상당한 고련을 쌓은 자들임을 한 눈에 알아볼 수 있었다. 무림맹이 끌어들인 곤륜파가 이제야 양양성에 모습을 드러낸 것이다.

사실 서둘러 양양성에 도착해 봐야 득 될 게 없었으니, 여유롭게 양양성에 온 그들의 선택은 당연하다면 당연한 건지도 몰랐다.

도인들 사이에서 곤륜파는 무당파만큼이나 뛰어난 명문으로 대접받고 있었다. 마교로부터 가해지는 지독할 만큼의 압박으로 인해 오히려 도가의 도량으로서 순수함을 유지하고 있다고 봐야 했기 때문이다. 그건 혹독한 겨울을 넘긴 매화꽃이 더욱 아름답게 꽃을 피우는 이치와도 같을지 모른다.

수라도제라는 화경급 고수를 이미 접한 전례가 있는 양양성의 고수들은 곤륜무황이 이제 갓 30대 초반쯤 정도로밖에 보이지 않는 것에 대해 그 누구도 의문을 표시하지 않았다.

하지만 세상의 명리를 뛰어넘는 듯한 그의 탈속적인 모습은 세인들에게 잔잔한 감동을 선사했다. 세속에 찌든 중원의 도인들과 달리, 그에게서는 탈속한 선인(仙人)의 모습을 발견했기 때문이다.

곤륜무황은 양양성에 도착하자마자 모두의 예상을 깨고 마교의 장원에 찾아가 교주를 만나는 파격적인 행동을 단행했다. 그건 고리타분한 정파의 명숙들에게는 아주 충격적인 일이었다.

정파의 명숙이, 그것도 무림연합의 수장으로 임명된 사람이 직접 사파의 거두를 찾아가 인사한다는 걸 도저히 받아들일 수가 없었던 것이다.

"어서 오시구려."

"처음 뵙겠습니다. 빈도는 평천(平泉)이라 합니다."

곤륜무황은 너무나도 선한 얼굴을 하고 있었다. 3황에 꼽힐 정도로 무서운 무공을 지닌 데다가 150여 년이 넘는 세월을 살아왔기에 세속에 찌들만도 하건만, 그의 눈동자는 너무나도 해맑았다.

'오랜 세월 도만 닦아서 그런가?' 하는 생각이 들기도 했지만 과거 무림맹주 옥청학과의 악연을 기억하고 있는 묵향이 그런 그의 겉모습에 현혹될 리 없었다. 옥청학 역시 공동파가 배출한 위대한 도인이었지만, 겪어 보니 세속적인 놈들과 그 나물에 그 밥이었으니까. 아니, 오히려 더욱 지독했다고 봐야 할까.

"묵향이라고 하오."

"교주의 위명을 그동안 귀가 따갑게 들었으나 서로가 가는 길이 달라 찾아뵙기 어려웠었는데, 오늘에야 존안을 뵙게 되니 빈도로서는 크나큰 영광입니다. 무량수불."

"그건 본좌도 마찬가지외다."

곤륜무황 쪽이 묵향에 비해 훨씬 더 연배가 높았다. 그런데도 이렇게 공손하게 나오니 묵향으로서도 기분이 나쁠 리 없다. 자연히 정, 사파의 거두가 모인 자리라고는 생각이 들지 않을 정도로 분위기는 부드럽게 변했다.

처음에는 일상생활에 대한 잡다한 이야기로 출발한 두 사람은 점차 공동의 적인 장인걸을 앞으로 어떻게 대처하는 게 좋을지 각자의 생각을 허심탄회하게 밝혔다. 상대의 성격이나 전술에 대한 이해의 폭을 알아야 연수를 하든지 말든지 할 것이 아니겠는가.

"허허, 오늘 교주를 만나러 오길 정말 잘한 것 같습니다그려."

"별말씀을요. 오늘 만남은 참 유익했던 것 같소이다."

어느 정도 이야기가 끝나자 두 사람은 만족한 듯 얼굴에 환한 웃음을 지었다. 곤륜무황은 자리에서 일어난 뒤 가볍게 고개를 숙이며 입을 열었다.

"그럼 다음에 기회가 된다면 또다시 이런 자리를 만들도록 하지요."

"좋은 말씀이십니다. 언제든 연락을 주십시오. 기다리고 있겠습니다."

인사가 끝난 뒤 곤륜무황이 돌아가자 묵향은 마화를 바라보며 말했다.

"본좌는 지금까지 무당파의 전대 장문인이 가장 훌륭한 도인이라고 생각했었는데, 오늘 보니 그 평가를 수정해야 할 것 같아. 저런 탈속적인 인물이 있었으니, 곤륜산이 아직까지도 도가의 성지들 중 하나로 추앙받고 있는 것이겠지."

마화도 그 말에는 동감이었다.

"본교에 떠도는 소문과는 너무 달라서 저도 당혹스러워요."

"소문이라니?"

"마교라면 치를 떠는 아주 호전적이면서도 무자비한 인물이라고 들었거든요."

그 말에 묵향은 호탕하게 웃으며 고개를 끄덕였다.

"하하, 본교가 중원으로 세력을 확장하려고 할 때마다 그 길목에 위치한 곤륜은 언제나 막대한 피를 흘려야만 했지. 벼랑 끝에서 문파의 존망(存亡)을 건 전투를 벌이는 상황에 어찌 도를 논할 수 있겠나? 만약 그런 극한적인 상황에서까지 도를 찾고 앉아 있다면 오히려 그놈이 바로 위선자겠지."

꽤나 그럴듯했기에 마화는 고개를 주억거리며 대답했다.
"그렇게 생각할 수도 있겠네요."

       ＊ ＊ ＊

묵향이 곤륜무황을 좋게 생각한 것과 같이 곤륜무황 역시 묵향에 대해 꽤나 후한 점수를 줬다. 하지만 다른 곤륜파의 도사들은 그렇지 못했다.

곤륜파의 구성원들이 도사들이라고 해서 모두들 온후하고 점잖을 거라고 생각하면 그건 완전히 오산이다. 그들은 마교와의 투쟁을 통해 단련된 강골들이었고, 오랜 세월 마교와 싸워 온 만큼 마교라면 자다가도 벌떡 일어나 장검을 뽑아 들 정도로 원한이 골수에까지 맺혀 있었던 것이다.

그런 그들이 마교도들과 한자리에 있게 되었으니, 처음부터 충돌은 예정된 것이었다고 봐야 했다.

하지만 그 충돌이 대규모로 벌어지지 않고 있었던 건 이곳에 와 있는 마교도들이 정통이 아니었기 때문이다.

흑풍대의 경우 곤륜파와 직접 싸워 본 적이 없다 보니, 곤륜의 도사들에게 시비를 걸 이유가 없었다. 더군다나 그들은 군부 출신들이기에 도사를 존중할 줄 알았고, 또 규율을 지키기 위해 노력했다.

예상외로 시비는 도사들 쪽에서 먼저 걸어 왔다. 수천 명이나 와 있다 보니, 그중에는 남들보다 더 성격이 괄괄한 사람도 있게 마련이니까.

대부분의 무사들은 장원에서 숙식을 해결하지만 몇몇 무사들은 식사 때 배식을 기다리기보다 밖으로 나와 객점을 이용하곤 했다.

그건 흑풍대 역시 마찬가지였다. 9천 명이나 되는 대원들이 식사를 하려면 한참을 기다려야 했기에, 몇몇 대원이 장원을 빠져나와 근처 객점을 찾았다.

최근 교주인 묵향의 심기가 좋지 않음을 잘 알고 있었기에 식사를 주문하는 그들의 표정도 그리 썩 밝은 건 아니었다.

그런 흑풍대 대원들의 귀로 왠지 이죽거리는 듯한 말소리가 들려왔다.

"허~, 누가 마교도들이 아니랄까 봐 객점에서까지 저렇게 험악한 얼굴을 하고 있다니. 쯧, 입맛이 달아났군."

말소리가 들려온 쪽을 바라보자 그곳엔 얼굴이 붉은 것이 척 보기에도 성질깨나 있어 보이는 곤륜파 도인 10여 명이 식사를 하고 있었다.

흑풍대 대원들은 울컥 화가 치밀어 올랐지만 대꾸를 하지 않고 고개를 돌렸다. 괜히 사소한 일로 칼부림을 하고 싶지 않았기 때문이다.

그런 흑풍대 대원들의 귀로 또다시 곤륜파 도사들이 이야기하는 것이 들려왔다.

"너무 그러지 말게. 보아하니 무공도 약한 시주들 같은데, 자네가 그러면 밥알이 목구멍으로 넘어가겠나?"

"그건 그렇지. 그런데 참 웃기는 일이야. 예전에 빈도가 마교 놈들을 때려잡을 때만 해도 놈들이 내 모습만 봐도 부리나케 도망을 쳤는데, 지금은 이렇게 같이 앉아 식사를 하고 있으니 말이야. 참으로 원시천존님의 깊은 뜻은 알 수가 없구먼."

흑풍대 대원들이 대꾸를 하지 않자 곤륜파 도사들의 이죽거림은 더욱 심해졌다. 그건 누가 들어도 상대에 대한 명백한 도발이었다.

하지만 나지막한 목소리로 이죽거리고 있는 도사들의 목소리를 알아들을 수 있는 건 흑풍대원들뿐이라는 게 문제였다. 부지런히 음식을 나르고 있는 점소이들은 도사들과 흑풍대원들 사이를 흐르고 있는 미묘한 기운을 전혀 감지하지 못하고 있었다.

이런 식의 도발을 받고도 참아 넘길 만큼 흑풍대 대원들이 소심한 자들로 이뤄진 건 아니다. 몽고 벌판은 물론이고, 마교라는 아수라장에서까지 뿌리를 내린 강골들이었으니까.

화가 치민 흑풍대원 중 하나가 도저히 참지 못하고 도사들을 향해 말했다.

"지금 우리들더러 들으라고 하는 말입니까?"

그 말에 얼굴이 붉은 도사는 인상을 확 찌푸리며 급하게 손가락으로 코를 막았다.

"허, 얼마나 심성이 고약했으면 입을 열자마자 썩은 내가 진동을 하는구먼."

인내하려고 노력했지만, 흑풍대 제218대원 왕적삼은 결국 꼭지가 돌지 않을 수 없었다.

"이 새끼들이 정말. 야, 이 개새끼들아! 말코 도사면 말 엉덩이나 붙잡고 놀아. 어디서 되지도 않는 수작질이야, 고자 같은 놈들이."

"뭣이!"

"이런 망할 시주를 봤나!"

이런 식으로 시작된 싸움은 누구 하나가 뻗을 때까지 진행되었다. 그리고 땅바닥에 드러눕는 쪽은 거의 흑풍대원들이었다. 왜냐하면 언제나 다수의 도사들이 소수의 흑풍대원들에게 싸움을 걸었으니까.

그리고 무엇보다 흑풍대원들은 전장에서 검을 익힌 무사들이다. 그런 그들이 검을 쥐지 않고 맨주먹만으로 상대를 하려니 더더욱 상대가 되지 않았던 것이다.

두들겨 맞은 것도 억울한 판에 소문마저도 마교 쪽에 불리하게 났다. 도사들이 낮은 목소리로 시비를 건 걸 듣지 못한 점소이들은 흑풍대원들이 도사들에게 시비를 걸었다가 오히려 두들겨 터졌다고 증언했기 때문이다.

성질을 참지 못하고 복수전이라도 펼치겠답시고 동료들을 끌고 가 도사들에게 시비를 걸었다가는 주위 사람들의 공적(共

敵)이 되기 십상이었다. 그 말코 도사 놈들이 딴 사람들이 보는 앞에서는 정말 인자한 도사처럼 행동하고 돌아다녔으니까.

시비를 먼저 건 쪽은 사악하기 그지없는 도사 놈들인데, 두들겨 터지고 욕은 욕대로 먹으니 흑풍대원들로서는 정말이지 억울해서 미치고 팔딱 뛸 지경이었다.

고육지책으로 그들은 될 수 있으면 밖으로 나갈 때 수십 명씩 떼를 지어 몰려다니는 것으로 도사들의 도발을 봉쇄하고자 했지만, 그건 근본적인 해결책이 되지 못했다.

한동안 잠잠한가 싶더니 어느 날, 38명으로 이뤄진 흑풍대원들이 60여 명의 도사들에게 곤죽이 되도록 두들겨 맞은 사건이 발생했기 때문이다.

곤륜파의 수뇌부들은 하급 제자들이 흑풍대원들과 패씨움을 벌이고 있다는 걸 전혀 감지하지 못하고 있었다. 그들은 양양성에 도착하자마자 그때까지 무림맹 무사들을 책임지고 있던 서문세가로부터 각종 문서들을 인수인계 받아야 했고 또 다른 문파들의 책임자들과 인사를 나누느라 정신이 없었기 때문이다.

양양성에 집결한 정파 무림인의 수는 엄청났지만 그들은 모두 대의명문을 위해 자발적으로 모인 사람들이다. 그들이 지금이라도 자신들의 문파로 돌아간다고 하면 맹으로서는 그들을 제재할 그 어떤 수단도 가지고 있지 못했다.

그런 만큼 각 문파의 책임자들의 지지를 획득하는 것은 그 무엇보다도 중요했다.

마교가 자리 잡은 장원이 단순하면서도 소박한 모습을 갖추고 있는데 반해, 곤륜파가 자리 잡은 장원은 며칠 지나지 않았음에도 제법 그럴듯한 도량의 모습을 갖춰 나갔다.

가장 큰 방에는 원시천존의 초상화가 걸렸고, 그 밑에 마련된 제단의 청동 화로에는 향이 타며 아련한 연기를 피워 올렸다.

이제 갓 서른이 넘었을 듯싶은 젊은 도사에게 쉰은 넘어 보이는 중년의 도사가 고개를 조아리며 말했다. 그들의 뒤바뀐 듯한 모습에서 뭔가 묘한 위화감이 느껴졌지만, 그들은 전혀 그런 걸 의식하지 않는 듯했다. 왜냐하면 그 젊은이가 바로 곤륜무황이었으니까.

"서문 시주에게 들으니 본문이 도착하기 전에 마교가 독단적으로 금나라와 대대적인 충돌을 일으켰었다고 합니다. 서문 시주도 우연히 그 정보를 입수했다고 하더군요."

곤륜무황은 고개를 갸웃하더니 입을 열었다.

"마교가 금나라와 왜 혼자서 싸웠는지는 알아 봤느냐?"

"들리는 소문을 종합해 보면, 그 당시 황실이나 무림맹과 꽤나 껄끄러운 관계였다고 합니다. 그런 관계를 타파하기 위해 마교 쪽에서 화끈하게 성의를 보인 것일 거라는 게 중론이었습니다."

자신의 생각과 뭔가 맞지 않았는지 곤륜무황은 고개를 갸웃하며 중얼거렸다.

"성의라……. 정말 소문이라는 건 믿을 게 못 되는군. 이곳에 오자마자 내가 교주를 찾은 것은 그가 과연 어떤 인물인지 노부의 눈으로 직접 확인하기 위함이었느니라. 그를 본 순간, 나는 지금까지 들었던 모든 소문이 헛되다는 걸 느꼈지. 그는 묵룡(墨龍)과도 같은 존재야. 역린(逆鱗)만 건드리지만 않는다면 평화를 추구하는……."

"마교의 교주가 그토록 평화스런 인물이라니…, 도저히 믿기지가 않습니다."

곤륜무황은 묘한 미소를 지어 보인 후 입을 열었다.

"무량(戊樑)아, 네가 아직까지도 사람을 보는 눈이 제대로 열리지 않았구나."

무량진인은 쑥스러움에 얼굴을 붉히며 고개를 조아렸다.

"부끄러울 따름입니다."

"사람을 판단할 때는 언제나 선입관을 배제해야만 한다. 그리고 자신이 직접 보고 느낀 것만으로 결론을 도출해 내야 하는 것이야."

"명심, 또 명심하겠습니다."

"그가 평화를 추구한다는 말은 그의 겉모습일 뿐, 철혈을 추구하는 마교에서 도인이 태어났다는 말은 아니니라. 그자는 단순히 귀찮아서 가만히 있을 뿐인 게야."

게으른 절대자 265

무량은 아연한 표정으로 되물었다.
"귀찮다고요?"
"그래, 아주 재미있는 인물이지. 세상을 뒤집어엎을 광기를 온몸에 지니고 있음에도, 그걸 '게으름'이라는 것으로 덮고 있었으니 말이야. 마교가 왜 곤륜으로 쳐들어오지 않는지 괴이하게 생각하고 있었더니, 결국에는 그런 이유가 있었더란 말이야. 그와 만난 것이 너무 늦었어. 그의 본성을 노부가 보다 일찍 꿰뚫었다면 본문의 중원 진출이 20년은 앞당겨졌을 텐데 말이다."

무량진인은 곤륜무황의 말을 도저히 믿기 힘들었다. 지금까지 그가 들은 소문이나 개방을 통해 얻은 정보로는 마교 교주인 암흑마제는 천하에 그 짝을 찾기 힘들 정도로 잔인하고 흉폭한 인물이었던 것이다.

물론 개방이 건네준 정보에는 심심할 때마다 찾아와 정보를 내놓으라며 행패를 당한 한이 서려 있음을 그는 알지 못했다.

문파의 어른이신 곤륜무황의 평가에 감히 반박하기 힘들었던 무량진인은 슬그머니 말꼬리를 돌렸다.

"문제는 마교도들은 천성이 호전적인 자들이라는 겁니다. 그가 가만히 있자고 한들 밑에서 그 말을 따르겠습니까?"

곤륜무황은 무량진인이 왜 자신에게 이런 식으로 말했는지 금방 눈치 챘다. 제대로 사람을 볼 수 있으려면 오랜 연륜과 세상을 꿰뚫어볼 수 있는 지혜가 있어야 한다. 아직까지 무량진인에게 그걸 기대하기란 힘들었다.

하지만 앞으로 문파를 이끌어 나갈 인재를 키운다는 마음으로 곤륜무황은 빙그레 웃으며 자세히 설명해 줬다.

"너는 느끼지 못한 모양이다만, 그는 절대적인 지도력을 지닌 인물이야. 그를 봤을 때는 그게 별로 드러나지 않지만, 그를 바라보고 있는 부하들의 눈빛을 보면 쉽게 알 수 있지. 그들이 얼마나 교주에게 충성과 존경을 바치고 있는지 말이다."

그제서야 자신이 뭘 놓쳤는지 깨달은 무량진인은 고개를 끄덕이며 감탄사를 연발했다.

"허, 정말 놀라운 일이군요."

"그런데 내가 이해할 수가 없는 게 방금 전에 네가 말한 그것이다. 그런 인물이 솔선해서 금나라와 일전을 벌인 데는 뭔가 이유가 있을 게다. 너는 그게 뭔지 소상히 알아 보거라."

"예."

곤륜무황의 명을 수행하기 위해 밖으로 나가려던 무량진인은 불현듯 몸을 돌려 품 안에서 봉서를 하나 꺼냈다.

"깜박 잊을 뻔했습니다. 무림맹에서 보내온 공문입니다."

봉서를 펼쳐 본 곤륜무황의 안색이 급격히 어두워졌다.

"허어, 이런. 어쩌자고 잠자던 용의 수염을 건드렸단 말인가?"

"그게 무슨 말씀이신지요?"

곤륜무황은 말없이 봉서를 무량진인에게 건네줬다. 봉서에는 마교를 지원하기 위해 올라오던 왜군을, 황실의 요청에 의해 무림맹의 무사들이 박살을 냈다는 글이 적혀 있었다. 그런만큼 언제 마교가 검을 거꾸로 겨눌지 모르니 만반의 대비 태세를 갖추고 있으라는 무림맹주의 전언이었다.

설민의 계책

DARK STORY SERIES Ⅲ

24

눈 는 에 눈

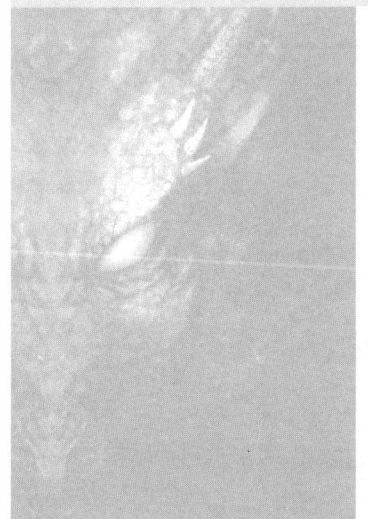

곤륜파가 도착한 지 3일 후, 조령과 쟈타르가 양양성에 도착했다.

조령은 여전히 철없는 모습이었지만, 그녀를 보호하느라 만신창이가 된 쟈타르의 모습은 과거 강건했던 그의 모습을 기억하는 이들로 하여금 동정심이 솟구치게 했다. 조령을 보호하기 위해 무리하지만 않았다면 저 정도 중상을 당했을 리 없음을 잘 알기 때문이다.

묵향은 먼발치에서 마교 무사들과 얘기를 나누고 있는 조령을 발견하고는 눈살을 찌푸리지 않을 수 없었다.

"젠장, 소연이는 잡혀갔는데, 어떻게 저런 형편없는 계집은 탈출하는 데 성공했지?"

노골적으로 조령을 폄하하는 묵향의 말에 마화는 씁쓸한 미소를 지으며 대답했다.

"그녀를 꼭 생포해야 할 필요가 없었으니까요. 인질로서 가치가 있는 사람은 소 소저를 비롯해서 설 소저, 그리고 서 공자 정도예요. 나머지는 필요 없었다는 말이죠."

과연 생각해 보니 마화의 말이 그럴듯했다. 자신이 만약 이번 납치 계획을 짰다고 해도 휘하의 모든 고수들에게 그 셋만을 노리라고 명령했을 테니까.

"어쩌면 일부러 저들을 놔준 것일 수도 있어요. 자신들이 소소저 일행들을 납치해 갔다는 걸 알리기 위해서죠."

"빌어먹을! 꼴 보기 싫으니 저 계집애보고 이쪽에 다시는 얼씬거리지 말라고 해."

묵향은 그렇게 명령했지만 마화는 차마 조령이 장원에 출입하는 걸 막을 수가 없었다. 자신이 설취를 만나러 가자고 제안해 이런 사태가 벌어졌기에 죄책감이 클 것이 분명하기 때문이다.

투덜거리며 묵향이 집무실로 들어간 후, 마화는 조령에게로 걸어갔다. 조령은 흑풍대원들에게 소연의 행방을 찾았는지, 찾았다면 구출 계획은 있는지 등에 대해 열심히 묻고 있는 중이었다.

그러다가 마화가 자신이 있는 쪽으로 걸어오는 걸 보자 황급히 아는 척을 했다.

"어머, 언니. 안녕하셨어요?"

우울한 얼굴이기는 했지만 자신을 보고 살갑게 인사하는 조령을 마화는 부드러운 어조로 위로했다.

"너무 걱정하지 마. 여기저기에서 정보들을 모으고 있으니, 조만간에 그들을 구출해 낼 수 있을 거야."

"하, 하지만 제가 설 언니를 보러 가자고 제안했던 게 너무나도 한스러워요."

"그리로 갔다가 납치된 게 네 탓은 아니야. 그러니 너무 자책하지 마."

조령은 일순 고개를 푹 숙이고 아무 말도 못 했다. 그런 조령의 모습에 마화는 다시 밝게 웃어 주며 입을 열었다.

"마음이 답답하면 언제든지 놀러 와."

"예, 언니."

* * *

묵향이 집무실에 앉아 뭔가를 골똘히 생각하고 있는데 문이 열리며 관지가 들어왔다.

"군사가 전서를 보내왔습니다."

"설민이? 줘 봐."

묵향에게 건넨 보고서는 암호로 기록되어 있던 전서를 해독하여 정리해 놓은 것이다.

그리고 그걸 직접 해독한 관지는 보고서의 내용이 뭔지 잘 알고 있었다.

보고서를 다 읽은 묵향은 심각한 표정으로 관지에게 물었다.

"자네는 어떻게 생각하나?"

"장인걸을 밖으로 꾀어내야 한다는 것에는 속하도 전적으로 찬성입니다. 본진에다가 어떤 함정들을 파 놨는지 알 수가 없으니까요."

묵향은 고개를 주억거리며 말했다.

"내 생각도 그래. 하지만 그걸 놈도 잘 알고 있다는 게 문제지. 작년 가을에도 놈은 직접 움직이기보다는 휘하의 장졸들만 움직였어. 사실 그것만으로도 충분히 위협적이었지."

"본교가 지닌 최대의 강점은 소수 정예라는 것입니다. 소수 정예의 이점을 최대한으로 살리기 위해서는 적의 약점을 단숨에 파고들어 짧은 시간 안에 끝장을 내 버려야 한다는 거죠."

맞는 말이었기에 묵향은 가만히 고개를 끄덕였다.

"그러기 위해서는 놈이 원하는 장소에서 싸워서는 결코 안 됩니다. 우리 쪽에 유리한 전장으로 놈을 끌어들여야죠."

"하지만 그게 쉬운 일이 아니야. 군사의 계책대로 된다면 좋겠지만 고리타분한 무림맹의 대가리들이 이런 제안을 받아들일지가 가장 큰 관건이지."

"우리의 제안을 받아들이도록 만들어야겠죠. 시간은 많습니다. 총타에서 고수들이 도착하려면 아직 멀었으니까요."

잠시 말을 멈추고 이리저리 궁리하고 있던 묵향이 문득 입을 열었다.

"옥화무제에게 연락을 보내. 본좌가 만나자고 말이야."

"예? 왜 갑자기 옥화무제를 만나시려고……?"

"현재로서는 우리의 제안에 힘을 실어 줄 수 있는 유일한 인물이지. 물론 적당한 대가를 제공해야 움직이겠지만."

그러자 관지는 애매모호한 얼굴로 반론을 꺼냈다.

"옥화무제 여협에게 이런 정보를 제공하는 게 좋을지 속하로서는……."

"왜?"

"지금은 그쪽에서 우리 쪽에 전폭적인 협조를 아끼지 않고 있습니다만, 교주님의 약점을 파악하게 되면 어떻게 돌변할지 알 수 없지 않습니까. 옥화무제는 뱀같은 여인입니다. 교활하기 그지없는 뱀을 너무 가까이 두시면 교주님께 자칫 독니를 들이댈까 걱정이 되는지라……."

그 말에 묵향은 호탕하게 웃음을 터뜨렸다.

"하하핫! 뱀이라……. 상당히 재미있는 표현이로군."

잠시 후, 웃음을 멈춘 묵향은 관지에게 명령했다.

"괜찮아, 대충 얼버무리며 설명할 거니까. 만남을 주선하도록 해."

"존명."

"그리고 철영이 입수한 그거 있지? 두어 개만 줘 봐."

묵향의 말에 관지는 어이없다는 듯 되물었다.

"설마 그것까지 주실 생각이십니까?"

묵향은 싱긋 미소 지으며 말했다.

"뭐 어때. 우리 쪽에서는 모방해서 만들 수도 없다며? 이런 때는 인심을 팍팍 쓰는 게 좋은 거야. 그게 얼마나 대단한 물건인지 알게 되면 본좌가 말하지 않아도 알아서 움직일 테니 말이야."

들고 보니 충분히 말이 됐다. 관지는 묵향의 명을 이행하기 위해 밖으로 뛰어나갔다.

* * *

"오랜만이야."

괜히 친한 척하는 묵향에게 옥화무제는 새침한 표정으로 응대했다.

"또 무슨 바람이 불어서 나를 찾은 거죠?"

"아아, 그렇게 딱딱하게 얘기하지 말라고. 자, 우선 자리에 앉지?"

옥화무제가 자리에 앉자, 묵향은 점소이에게 명령했다.

"아까 시킨 음식 가져와."

"예, 대인!"

말 한마디에 점소이가 굽신거리는 걸 보면 아주 비싼 음식을 시킨 모양이다.

조금 시간이 지나자 용문객잔이 자랑하는 가장 호화로운 음식들이 줄을 지어 나오기 시작했다.

"뭘 좋아하는지 몰라서……."

옥화무제는 살짝 미간을 찌푸리며 말했다.

"별일이군요. 생전 안 하던 행동까지 하는 걸 보면 이번 부탁은 꽤나 어려운 일인 모양이죠?"

"눈치가 너무 빨라도 피곤하군. 그냥 자연스럽게 즐기면 안 되나?"

"미안하군요. 영문도 모르는 음식을 먹었다가는 배탈이 날 것 같아서 말이죠."

"별로 어려운 일은 아니니까 음식부터 들지?"

"무슨 일이죠?"

계속되는 묵향의 권유에도 옥화무제는 응할 생각이 전혀 없는 듯했다.

그러자 묵향은 떨떠름한 표정으로 품속에서 봉서 하나를 꺼냈다.

"어쩔 수 없군. 이게 내 생각이야."

묵향이 건넨 봉서를 옥화무제는 단숨에 읽어 내려갔다.

이윽고 서신에서 그녀가 눈을 떼는 순간, 마치 마술이라도 부린 듯 서신은 한순간 불에 타올라 재가 되어 흩어졌다. 옥화무제가 삼매진화로 서신을 불태워 버린 것이다.

옥화무제는 콧방귀를 뀌며 이죽거렸다.

"단단히 미쳤군요. 이딴 계책을 맹주가 받아들일 거라고 생각했나요?"

말도 안 된다는 옥화무제의 반응에도 묵향은 태연했다. 그는 음식을 접시에 덜어서 먹으며 말했다.

"그것 외에는 방법이 없어."

"굳이 서두르지 않아도 결국에는 승리를 거둘 수 있어요. 그런데 뭐 하려고 맹주가 그런 커다란 위험을 감수하려 하겠어요?"

"만약 그렇게 하지 않으면 본교는 이번 전쟁에서 손을 뗄 수밖에 없으니까."

생각지도 못했던 말에 옥화무제는 놀라움을 감추지 못했다.

"흡! 그게 정말인가요?"

"정말인지 아닌지는 나중에 두고 보면 알 거야. 본좌는 지금껏 단 한 번도 허튼소리는 해 본 적이 없으니까."

뭔가 심상치 않은 묵향의 말투에 옥화무제는 한동안 생각에 잠겼다.

"내 생각에는 당신이 어떻게 협박하더라도 맹주가 이 계책을 받아들이지는 않을 거예요. 만약 이 사실이 밖으로 드러났다가는 맹주직에서 쫓겨날 가능성마저 있으니까요."

"실리적으로 생각한다면 내 의견을 받아들일 수도 있어. 생각을 해 보라구. 이번에 본좌가 연경을 친 것은 알고 있겠지?"

옥화무제는 고개를 살짝 끄덕이며 대답했다.

"아주 대단했다고 하더군요. 연경의 절반을 불사르고, 황제까지 참살하는 쾌거를 이뤘는데 그걸 모를 리 없죠. 그리고 남양으로의 양동 작전은 아주 훌륭했어요. 장인걸이 속수무책으로 당할 수밖에 없었으니까."

"쯧, 천하의 무영문도 별수 없구먼. 겉으로 드러난 것만 알고 있는 걸 보면 말이야."

이죽거리는 묵향의 말투에 옥화무제의 미간에 내천자(川)자 새겨졌다.

자신의 분신과도 같은 무영문을 씹어 대고 있으니 화가 날 만도 했다. 그래서인지 대꾸를 하는 옥화무제의 목소리에 날이 서 있었다.

"내가 모르는 뒷얘기라도 있다는 거예요?"

"이번 작전에서 본교는 막심한 타격을 입었어. 거의 1개 전투단에 준하는 전력이 허공으로 날아가 버렸지. 이런 피해를 한 번만 더 당한다면 아무리 본교라고 해도 밑천이 거덜 날지도 몰라."

옥화무제는 놀라움을 감추기 힘들었다. 묵향이 말한 1개 전투단이, 특1급 고수들로 구성된 1종대라는 사실을 금방 눈치챘기 때문이다.

"놈은 우리가 쳐들어갈 만한 예상 지점 곳곳에 함정을 설치해 놨더군. 이번 작전을 통해 그게 얼마나 위력적인지 알아냈다는 게 큰 성과라고도 볼 수 있겠지만, 역으로 그걸 뻔히 알면서 놈의 본거지로 쳐들어갈 수 없다는 점도 절실하게 깨닫게 됐지. 그 사실을 알기 위해 내 목숨을 대가로 치를 뻔했으니 말이야."

"그, 그럴 리가……."

옥화무제의 얼굴에는 불신이 가득했다. 특1급 고수로 구성된 1종대와 묵향이 직접 움직이는 마교의 힘이 얼마나 강한지를 잘 알고 있었기 때문이다.

"이런, 내 말을 못 믿는 모양이군. 그럼, 어쩔 수 없이 이걸 꺼내야겠군."

묵향은 품속에서 어린애 머리통만 한 시커먼 쇠구슬을 두 개 꺼냈다. 그걸 탁자 위에 올려놓으며 말을 이었다.

"이게 놈들이 이번에 사용한 신무기들 중 하나야. 이 위쪽으로 튀어나와 있는 두꺼운 실에다가 불을 붙이면……."

무영문의 수장으로 있으면서 웬만한 암기에 대한 정보는 다 안다고 자부하는 옥화무제였다. 하지만 이렇게 괴상하게 생긴 암기가 있다는 건 오늘 처음 알았다.

"그러면 어떻게 되는데요?"

"쾅! 하고 터지면서 수백 개나 되는 철질려가 사방으로 튀어나가지. 놈들은 이걸 수백, 아니 어쩌면 수천 개 이상 보유하고 있을지도 몰라."

"도저히 믿기 힘들군요."

"못 믿겠으면 나중에 터뜨려 봐. 그것 때문에 전력의 태반이 한순간에 날아갔으니까."

그 말에 옥화무제는 등줄기에 식은땀이 흐르는 것을 느꼈다. 만약 묵향의 말이 사실이라면 이건 엄청난 암기였던 것이다.

"소중한 정보 정말 고마워요."

"그 외에 양쪽에 날이 붙어 있는 창도 조심해야 할걸? 그거 언제 튀어나갈지 모르니까. 웬만한 놈은 그걸 다 가지고 있기에 상대하기가 아주 까다로워."

어지간한 무기라면 묵향이 이런 말도 하지 않았으리라. 그랬기에 옥화무제는 귀를 쫑긋 세우며 다급히 물었다.

"그건 노획한 게 없었나요?"

"바라는 게 너무 많군. 이것도 어렵게 입수한 거야."

"어쨌거나 고마워요. 당신의 제안은 이걸 한번 터뜨려 본 다음에 다시 생각해 보기로 하죠. 그러니까 장인걸이 워낙 강력한 함정들을 파 놨기에 안으로 들어가서는 승산이 없으니, 밖으로 끌어내자는 거 아니에요?"

"이제야 내 생각의 핵심을 이해하는군."

"그런 오명을 뒤집어쓰면서 무림맹이 얻게 되는 건 뭐죠?"

"이건 누이 좋고 매부 좋고…, 뭐 그런 거야. 자, 보라구."

묵향은 술잔에 들어 있는 술을 손가락으로 콕 찍어 탁자 위에 그림을 그려 가며 설명하기 시작했다. 그리고 옥화무제는 그런 묵향을 희미한 미소를 지으며 바라봤.

사실 워낙 머리가 잘 돌아가는 그녀였기에 묵향이 이런 설명을 하기도 전에 어떤 식으로 전개가 될지 충분히 짐작이 되었던 것이다.

'당신이 나한테 계책을 설명할 일이 다 있다니. 이렇게 세속에 물드는 것보다 단순 무식했던 예전의 당신이 훨씬 더 매력

적이었던 것 같은데⋯⋯.'
"이봐, 제대로 듣고 있는 거야?"
짜증어린 묵향의 물음에 옥화무제는 화사하게 미소 지으며 대답했다.
"물론이에요. 당신, 보기보다 설명을 잘하는군요."
의외의 칭찬에 묵향은 쑥스러웠다. 하지만 그의 입에서 튀어나온 것은 그의 내심과는 전혀 다른 퉁명스러움이었다.
"젠장, 나중에 딴소리하지 말고 잘 들어. 한 번만 설명해 줄 거니까."
하지만 옥화무제는 묵향의 설명을 듣지 않고, 핏대를 세워가며 설명을 하고 있는 묵향의 열기 어린 모습을 바라보았다. 마치 재미있는 연극이라도 구경하듯.
'이렇게 보면, 제법 귀여운 구석이 남아 있단 말이야⋯⋯.'
설명을 끝마친 묵향이 옥화무제의 조언을 구했다.
"어때?"
"그렇게 나쁜 계책은 아니네요. 하지만 여기에는 중대한 문제점이 있어요."
"말해 봐. 중원에서 가장 지혜로운 여인의 조언이니 세이경청(洗耳傾聽)해야겠지?"
묵향의 칭찬에 옥화무제는 기분이 아주 좋았다. 하지만 애써 내색하지 않으며 입을 열었다.
"그렇게 치켜세워 봐야 달라질 건 없어요. 자, 들어 봐요. 첫

째, 맹주가 이 제안에 찬성할 리 없어요. 만약 이게 밖으로 밝혀지기만 한다면 파멸이니까요."

"……."

"둘째, 장인걸을 완벽하게 속여야만 하는데, 이런 엉터리 함정에 걸려들기에는 그는 너무나도 영악한 사람이라는 거죠."

"그러니까 내가 제안하는 거잖아. 맹주는 그쪽에서 어떻게 해서든지 맡아 줘. 그러면 장인걸은 이쪽에서 어떻게든 해 볼 테니까."

잠시 말없이 생각에 잠겨 있던 옥화무제가 문득 입을 열었다.

"만약 이대로 진행한다면 마교 쪽의 피해가 엄청날 텐데, 그걸 알고나 있는 거예요?"

묵향은 술 한 잔을 입속에 털어 넣은 다음, 아무렇지도 않은 표정으로 대꾸했다.

"그 정도는 각오하고 있어."

"도대체가 알 수가 없군요. 이렇게까지 해서 당신이 뭘 얻겠다는 건지……."

잠시 이리저리 생각을 해 보던 옥화무제는 갑자기 묵향의 두 눈을 똑바로 쳐다보며 단호하게 말했다.

"당신이 얻게 될 걸 한 치의 가감도 없이 정확히 말해 줘요. 그래야 내가 맹주를 설득하기도 쉬우니까요. 나도 납득하지 못하는데 어떻게 맹주를 납득시킬 수 있겠어요?"

"장인걸에 대한 뼈에 사무친 원한이라고 한다면 불충분한가?"

옥화무제는 말도 안 된다는 듯 고개를 가로저으며 대답했다.

"많이 부족해요. 원한은 훨씬 이전에 발생했으니, 이제 와서 당신이 광분하고 있는 이유가 될 수 없죠."

대답을 하지 않고 한동안 묵향은 고심에 고심을 거듭하다가, 이윽고 결심이 선 듯 천천히 입을 열었다.

"일전에 그쪽에도 의뢰가 들어갔으니 모를 리는 없겠지. 석량 형님 말이야."

"석량?"

옥화무제가 고개를 갸웃하는 걸 보며, 묵향은 급히 말을 이었다.

"참, 만통음제라고 하는 게 알아듣기 편하겠군."

"만통음제가 왜요?"

"그의 실종에 장인걸이 개입되어 있어. 그리고 놈들은 그걸 시인했고……."

순간 옥화무제의 눈초리가 싸늘하게 변했다.

"설마, 만통음제를 구출하기 위해 이런 미친 짓을 계획하고 있다는 말을 나보고 믿으라는 건 아니겠죠?"

잠시 머뭇거리던 묵향이 다시금 입을 열었다.

"그리고…, 이번에 천지문도 몇 명과 제령문의 후계자인 서량, 그리고 만통음제 형님의 제자인 설취가 납치됐어. 장인걸 그놈에게……."

묵향은 아무렇지도 않은 듯 어물어물 말했지만, 옥화무제는 그 중에서 '천지문'이라는 단어에 주목했다.

"천지문도 몇 명이라고요? 그렇다면 혹시…, 소 낭자 때문인가요?"

그 물음이 묵향에게 준 충격은 상상 이상으로 컸던 모양이다. 그 순간 마치 번개라도 맞은 듯 얼빠진 표정을 지었으니 말이다. 지금껏 자신에게 단 한 번도 보여 주지 않았었던 묵향의 크게 동요하는 모습을 보며, 옥화무제는 자신의 짐작이 옳았음을 확신했다.

묵향은 급히 표정을 추스르며 아무렇지도 않은 듯 대꾸했다. 하지만 그의 음성은 가늘게 떨리고 있었다.

"무슨 말인지 당최 영문을 모르겠군."

자신의 심성을 숨기기 위해 짐짓 무표정을 가장하며 술잔을 들이키고 있는 묵향을 향해, 옥화무제는 생긋 미소 지으며 어기전성을 보냈다.

《당신 딸을 말하는 거예요.》

"풋!"

너무 놀라 입속에 있던 술까지 뿜어 낸 묵향은 옥화무제를 잡아먹을 듯 노려보며 중얼거렸다.

"그걸 언제 알았지?"

"언젠지 정확히 기억나지는 않는데…, 당신과 영인이의 정략

결혼을 계획할 때쯤이었던 것 같네요. 워낙 오래전 일이니까…….”

"무영문의 정보력은 정말 놀랍군.”

"과찬이에요.”

그렇게 대답한 옥화무제는 무슨 생각이 떠올랐는지 급히 덧붙였다.

"그녀에 대한 정보는 본문에서 새나 간 게 절대로 아니에요. 그런 오해는 하지 않길 바래요.”

겉으로는 평정을 가장하고 있었지만, 옥화무제의 어조 깊은 곳에는 그녀가 납치된 데 대해서 자신들에게까지 혐의가 오지 않을까 하는 우려감이 섞여 있었다. 하지만 그녀의 우려와 달리 묵향은 별것 아니라는 듯 대꾸했다.

"그건 알고 있어. 장인걸이 소연이를 납치한 건 이번이 두 번째니까.”

"두 번째라구요?”

"뭐, 옛날 얘기는 이쯤에서 접고…, 그 정도면 대답이 되었나?”

"양녀 때문이라는 게 좀 의외이기는 하지만…, 어느 정도 이해는 됐어요.”

『〈묵향〉 25권에 계속』